写真で見るローラの世界

Photos of Laura, her beloved family and places

Photo courtesy of Laura Ingalls Wilder Home Association, Mansfield, MO

ローラとアルマンゾの結婚式写真（1885年頃）

Photo courtesy of Laura Ingalls Wilder Home Association, Mansfield, MO

1984年撮影のインガルス一家。
（左から右へ）キャロライン、キャリー、ローラ、チャールズ、グレイス、メアリー。

『大きな森の小さな家』に登場する家を復元したもの。本物はすでに存在しない。
ローラが誕生したウィスコンシン州ペピン付近にあり、
とうさんが耕していた農地の近くに建つ。

インガルス一家が、ミネソタ州ウォルナット・グローブ近くに農地を申請したとき、
横穴小屋に住んでいた（写真はサウスダコタ州デ・スメットに建つ復元された小屋）。
ウォルナット・グローブは、人気テレビ番組『大草原の小さな家』の舞台となった。

Photo courtesy of Laura Ingalls Wilder
Home Association, Mansfield, MO

27歳のローラ。

ローラが小さな家シリーズを
執筆するのを助け、
自身も作家として高い評価を受けていた
ローズ・ワイルダー・レイン。

コロラド州へ車で旅するローラとローズ。テネシーの山道にて。

ローラが育った頃に馴染んでいた草原の風景。
サウスダコタ州デ・スメットにあるインガルス家の払い下げ農地。

『シルバー・レイクの岸辺で』に印象深い場所として登場するシルバー湖は、
現在沼地となっている。

玄関ポーチに座るローラとアルマンゾ（左の柱に背を向けている）。

大草原の小さな家で

ローラ・インガルス・ワイルダーの生涯と信仰

スティーブン・W・ハインズ 著
Stephen W. Hines
中嶋典子訳

A Prairie Girl's Faith

もくじ
contents

ローラが暮らした町

A Prairie Girl's Faith

はじめに

私は子どもの頃、古き良き時代のやり方で、よく聖書を暗記したものです。一度など、聖句を正確に唱えて、賞をいただいたこともありました。[1]

——ローラ・インガルス・ワイルダー

カンザス州マイアミ郡にあるビクトリー小学校の四年生に在学していた頃の私は、子どもながらにいっぱしの文学通で、本はほとんど読みつくしていた。『シルバーチーフ　ドッグ・オブ・ザ・ノース（*Silver Chief: Dog of the North*）』も、『白い牙』も、『マイ・フレンド・フリッカ（*My Friend Flicka*）』も、もう飽き飽きするほど何度も読み返していた。あの頃、私の年代の読み物といえば、名犬ラッシー・シリーズや、十代の若者が普通ではあり得ないような冒険に繰り出す少年探偵ハーディ・ボーイ・シリーズと相場が決まっていたが、私は、これらの本の主人公にはどうしても感情移入することができなかった。

私が通っていた古い二階建ての校舎は五十二人もの生徒でひしめき合っていて、そこからさらに古い石造りの校舎を臨むことができた。現在その建物は干し草の乾燥舎となっている。そこに置かれている干し草は、おそらく、ウシクサとして知られているものだろう。私たちはそれをバッファロー・グラスと呼んでいた。[2] 昔バッファローが草原を闊歩《かっぽ》していた頃、きっと餌としていたにちがいない。学校へと続く道の両脇には石造りの壁が続き、その壁に沿うように背の高いバッファロー・グラスが生えていたのだが、そのせいで私たちの学校はひどくひなびて見えた。私たちは、自分たちがまるで平原に生きる子どもであるかのように空想し、ボブス・メリル社がシリーズで出しているアメリカ偉人伝の登場人物たちが往々にして田舎育ちであるように、自分たちもどこか優れた血筋、立派な家系の出身であるかのような気になった。

学校の図書室の貧弱な蔵書の中に、草に覆われた古い穴蔵の家の上をスキップしながら河岸へと向かう幼い少女が表紙に描かれた本があった。以前は気にも留めなかったその本を私が手に取ったのも、ごく自然な成り行きであったと言えるだろう。

私は『プラム・クリークの土手で』との出会いを、自分だけの小さな秘密にした。それはどこから見ても女の子の読み物だったので、この本につい夢中になってしまったことを、あまり人に気取られないよう気をつけていたと思う。しかし、それは今まで私が読んでいたものとまるで違っていた。ローラ・インガルスは自分の視点から自分自身について物語っており、彼女の家族の誰もが、まるで私の周りにいるかのごとく実に生き生きと描かれていた。[3]実際には私の身近に草で覆われた小屋などは存在しなかったが、見渡す限り田園風景が広がっていたのはたしかである。ローラがまるで読者個人に語りかけているようなこの物語の雰囲気にすぐに親しみを抱いたのは、そんな理由からだった。

地理が不得手であった私は、『プラム・クリークの土手で』の題にもあるプラム・クリークが、自分の通う教会からほど近い場所にあると勘違いしてしまった。そう思い込んだのも無理はない。私の通う教会がプラムクリーク・メソジスト教会という名であったため、きっとローラはその近くに住んでいたにちがいないと思ったのだ。ローラはある時期カンザス州に住んでいたことを知っていたので、そう結論づけるのは小学四年生の子どもにとって理にかなっていた。それが間違いであることに気づくのにそれほど時間はかからなかったが、ローラに対する親近感はより一層増したのであった。

私がローラやその家族の世界に引き込まれたのは、彼女の開拓の物語を読めば読むほど、彼女とは気が合いそうだと思ったからである。実際に会っていたらすぐに仲良くなれたにちがいない、そう私は確信した。ローラは私にとって想像上の遊び友達だった。彼女も、私と同じようにメソジスト教会に通った経験があり、私が親しんでいた賛美歌を彼女も歌っていたにちがいない。

実は私も開拓者の子孫なのである。[4] 父が取り寄せた資料によると、ハインズ家の祖先は古くアメリカ独立戦争の頃まで遡ることができ、東部、おそらくバージニア州に住んでいたことまではわかったが、それ以前のことは不明である。皆が皆メイフラワー号で大陸に渡ってきたわけではないのだし、それ以上のことがわからなくとも良しとすべきだろう。

ジョージ・ワシントン・ハインズ（Hines あるいはヒンズ【Hinds】）は、四人の息子をなした。息子たちは全員南北戦争に出兵している。家族に伝わる記録では、息子の一人であるヘンリーは一八四六年に誕生し、私の父が誕生してずいぶん経ってから、一九三八年に九十二歳で亡くなった。私の父は、第二次世界大戦のあいだアメリカ海兵隊に従軍し、戦後すぐに結婚、カンザス州東部で農業を始めた。

第二次世界大戦後ではあったが、私の父ヴィクター・W・ハインズもまた開拓者の一人であったと言えるだろう。一九四八年、父は約十六万平方メートルの土地と家を二千ドルで購入したのだ。私たち家族は、電気も通らず、水道設備も家具もないその家に引っ越したのである。その家は木の枠が見えるような簡素なつくりで、私たちは暖を取るために薪を燃やした。壁には所々穴が開いていてそこから外の景色を見ることができた。それから何年か続いた日々は、開拓生活そのもののように私には思えた。ローラ・インガルス・ワイルダーが著した「大草原の小さな家シリーズ」（訳注・以下「小さな家シリーズ」）の物語や彼女の世界観に私が夢中になったのはそのような理由による。

　ローラの開拓者としての生活の様子を知ることは私の長年にわたる目標となり、彼女の信仰者としての歩みが私たちにとって大切な意味を持つという思いが次第に強くなっていった。希望、忍耐、勇気、信仰的確信等の開拓者精神は、神、そして聖書の教えによって形づくられ、我が国が目指すべきビジョンとなった。近年出回っている本はローラが示す昔からの価値観を軽んじる傾向があるが、私には考えられないことだ。たしかに私たちの祖先が皆クリスチャンとして完璧であったわけではないが、ローラや彼女の愛すべき家族は、健全で愛に満ちた信仰者とはどうあるべきか私たちに教え、私たちが信仰者として成長していくために目指すべき道へと導いてくれる。

　これからローラのたどった旅路をご一緒していただけたらと思う。それはとりもなおさず、私たち自身の旅となるのだから。

第1章　開拓者の信仰

私たちは振り返ることなく、また立ち止まることなく、未来に向かい、何世代にもわたって奮闘し、前進し続けなければなりません。人類に定められた目標を達成するために。[1]

―ローラ・インガルス・ワイルダー

ローラ・インガルス・ワイルダーが著した小さな家シリーズのファンのほとんどが、古き時代に西部開拓者として生きたその家族の物語の中に、ローラの信仰が生き生きと息づいていることに気づくことだろう。この物語の八巻（訳注・物語は『はじめの四年間』も合わせて九巻であるが、著者はこの最後の巻をここでは含めていない。第4章参照）すべてにわたり、聖句や賛美歌、祈りに関する記述がみられ、一家が神と共に歩んだ日々の様子を知ることができる。

このシリーズの第一巻『大きな森の小さな家』を読み始めて何ページか目には、「とうさん」がバイオリンを手にし、「千歳《ちとせ》の岩よ」（訳注・『讃美歌21』四四九番）、「嵐にあってヨルダンの岸辺に立つ（On Jordan's Stormy Bank I Stand）」、「嵐の中の砦（A Shelter in the Time of Storm）」といった、その頃から六十年経った今ではめったに耳にすることのない当時の賛美歌のスタンダードナンバーを弾く姿が描かれている。

ローラの信仰のルーツを知るためには、まずは彼女の両親である「とうさん」ことチャールズ、そして「かあさん」キャロラインの信仰がどのように形成されたかを知らなければならないだろう。

共に旅をする家族は結束が固い

サウスダコタ州立大学の歴史学名誉教授であるジョン・E・ミラー博士は、ローラの家族がたどった旅路に注目し、インガルス家とクイナー家（キャロライン・インガルスの出身一族）の歴史を過去に遡って伝えている。[2] ミラー博士の調査結果以外にこの二つの家族について知る術はなく、未だ解明されていないことが多いのも事実である（たとえば、かあさんの父は、かあさんがまだ四歳の頃ミシガン湖で溺死しているのだが、この出来事が後々彼女にどのような影響を与えたかについては今もよくわかっていない）。

ミラー博士によれば、インガルス家もクイナー家も、当時の多くの人々同様、経済的な豊かさを手にするためには西部へと移住する以外道がないと考えていた。すでに人口が過密していた東部から、何もない「荒野」へと人々が移動しなければならない必要性が生じ、その中で、彼らの信仰や家庭的背景もそのまま新しい土地に持ち運ばれたのである。

ローラの父方の祖父母（ランスフォード、ローラ）は、ニューヨーク州キューバから、はるばるウィスコンシンの森へと移り住んだ。祖父も祖母も、当時一般的だった、ピューリタンと会衆派が混ざった信仰背景のもとに育った。彼らは、聖書の教えの中でも改革派の教義に絶対的権威を置く一方で、ジョナサン・エドワーズ（一七〇三～一七五八）が導いた大覚醒運動の影響も受けていた。彼らは、自分たちがプロテスタント信仰の主流派であったと考えていただろう。[3]

エドワーズは、神は罪人に対して怒りに燃え、忍耐も限界に達し、すぐにでも地獄へ突き落とそうとしていると信じていた。南北戦争を経たあと、霊的覚醒を主張していた人々は、クリスチャンとして生きる理由として神の愛と恵みをより強調するようになった。

ヘンリー、シャーロット・クイナー夫妻（かあさんの両親）もチャールズの両親と同じ時代背景の中で生活していたが、彼らはミネソタ州に隣接するウィスコンシン州のペピンに最後落ち着くまで、コネチカット州、オハイオ州、そしてイリノイ州を転々と移動した。

クイナー家とインガルス家は家が近所であったため、キャロラインとチャールズが出会うのもごく自然なことであった。ふたりは一八六〇年二月一日ペピンで結婚し、第一子となるメアリーが誕生した一八六五年もペピンに住んでいた。第二子であるローラは、一八六七年二月七日に生まれる。

チャールズ、キャロラインともに、最終的に組合教会に落ち着くのであるが、この頃、ペピンの町にはメソジスト教会がひとつあるのみであった。

当時インガルス一家は、町から約十一キロも離れた場所に住んでおり、おそらく子どもたちを正式に教会学校に通わせることが難しかったと思われる。子どもたちは、とうさんがバイオリンで奏でる賛美歌に耳を傾け、かあさんから聖書の学びを受け、聖句を暗唱したのであろう。ローラはやがて百以上もの聖句を諳《そら》んじることができるまでになった。

かあさんは優しい指導者であり、娘たちにきちんと育ってほしいと願っていた。若い淑女らしく、従順で正しいふるまいをする人になってもらいたいと望んでいた。女性は飲酒をせず実直に生きることで社会的責任を果たすことができるとする、昔ながらの教えを子育てに反映させていた。その頃、女性に備わった性質のおかげで、自らの「生まれながらの」粗暴さも矯正できると信じる男性もいた。

小さな家シリーズの物語を読むと、一家の教育が実を結んでいたことがわかる。

ローラは、わがままを言わずに自分の人形を他者にも分け与えるよう言いつけを受けた。メアリーは、良い子でいるふりをすることで、いじわるな気持ちを隠したままその場を切り抜けることができた。メアリーは、ローラの髪の毛がさえない茶色であるといじわるな指摘をし、また偉そうに指図することもあった。メアリーは、自分が叱られないよううまく立ち回ることができるが、ローラは自分が犯してしまった過ちを隠すことがどうしてもできない。『大きな森の小さな家』で、ローラは、日曜日に守らなくてはならないきまりをことごとく破ってしまい、「日曜日なんて、大きらい！」とまで言い放ってしまう。ローラの年齢を考えるとかなり大胆な発言である。とうさんはローラを優しく抱き寄せ、とうさんのとうさんが幼い頃、兄弟と共に親の言いつけを破り、日曜日にこっそり家を抜け出してそりで遊んだ話をして聞かせる。勢いよく走り降りるそりがブタをすくいあげてしまい、ブタがキューーッ！　キューーッ！　と鳴き声を上げたため、自分たちがしたことが父親にばれ、懲らしめを受ける。

とうさんはローラに、自分が幼い頃は女の子に対するきまりがもっと厳しくて、今のように外を駆け回ったり遊んだりすることが許されていなかったのだと告げる。ローラは、とうさんがバイオリンで奏でる「千歳の岩よ」を聞きながら眠りにつく。とうさんの助言は、ローラにいくらかの慰めを与える。（訳注・『大きな森の小さな家』五章「日曜日」）

ローラは、ごく幼い頃から、「神の目を意識する」生活を送っていたのではないかと思う。パメラ・スミス・ヒルによって編集されたローラ・インガルス・ワイルダーの原稿を一冊の本にした『大草原のローラ物語――パイオニア・ガール』によると、ローラは子どもの頃、つららをなめることは危険だからやめなさいと注意を受けていた。[4] 万が一つららが頭に落ちてきたら怪我《けが》をするからである。ローラは最初のうちはその言いつけを守っていたが、徐々につららをなめたいという誘惑に負け、とうとう言いつけを破ってしまう。しかし、そのとたんローラはかあさんの言うことに従わなかったことに大きな罪悪感を覚える。数日のあいだ心に大きな痛みを抱え、耐えきれなくなったローラは、とうとうかあさんに自分のしたことを告白するのである。

その話の続きを、本から引用する。

「わたしは思いきってすべてを打ち明けました。心の重荷がすうっと取れました。マーはわたしの髪をやさしくなでながら、もちろん許してあげるといってくれました。わたしが悪いことをしたと打ち明けたからです。これから神さまにお祈りをして、お許しを請いなさいといいました。

『神さま、わたしはうそをつきました。許してくださいますか?』

マーにいわれたようにわたしはいいました。すると、マーはこれでもう二度とわたしはそんな悪いことをしなくなるだろうといい、毛布などで気持ちよくくるんでくれて、キスをし、部屋を出ていきました。ヴァイオリンの音がまた聞こえてきて、わたしは眠りにつきました。[5]」

一八六八年、ローラが満一歳のとき、インガルス一家はウィスコンシン州からカンザス州へと移り住む。幼いローラの霊的成長を引き続き支え導いたのは、とうさんとかあさんであった。ふたりが自分たちの記憶を、後に成長し物事を理解できるようになったローラに伝え聞かせたおかげで、私たちはその頃の一家の様子を知ることができる。

彼らの家はカンザス州インディペンデンスから約二十キロも離れていたため、日曜日はいつも家族だけで過ごした。床につくときにローラたちが口にした寝る前の祈り、「主よ、わたくしは、いま、ねむります」[6]は、暗くさみしい夜、コヨーテやオオカミの吠える声を聞きながらささげられたにちがいない。実際開拓者たちの多くは、生活に伴う闘いや苦しみの経験を通し、ますます神に頼るよう導かれた。神に頼ることで、自然の猛威を恐れない心が養われていった。彼らは自立して生活し、成功することを願ったが、神に頼る信仰のおかげで、近くに隣人がいなくても心を強く保って生きることができた。人間が自然を支配することなどできるわけがなく、雷や、草原でよく起こる土砂降りの雨は、しばしば神の怒りの表れであると受けとめられた。

私は大草原に住むこの一家が、完全無欠であったと言いたいわけではけっしてない。むしろ、完璧からはほど遠い人たちであった。彼らはアメリカ先住民に対し、他の多くの開拓者たちと同じように偏見を抱いていた。ヨーロッパ出身者とアメリカ先住民が、肌の色を越えて「兄弟姉妹」であるなどという考え方は、彼らにとってあまりにも進歩的すぎる宗教理念であった。宣教師はあちらこちらで、インディアンに対し侮蔑的な発言を行った。何か所かに点在していたインディアン事務局が、インディアンに対する不等な扱いに対し、抗議の声を上げることもあった。

しかし、「明白なる大命」（白人は、太平洋に至るまでのアメリカ全土を自分たちの領土とする権利があるとする標語）の考え方は、広く浸透していた。ローラとメアリーは、インディアンが近くにいるときは飼い犬ジャックをけっして放してはならないと言いつけを受けていたが、とうさんの口から、そもそもインディアン・テリトリー（訳注・アメリカ合衆国がインディアン民族を定住させるため、彼らに割り当てた土地）に移り住むべきではなかったのだ、という言葉が聞かれたことは一度もない。おそらくは、多くの開拓者は、神は白人にちがいない、あるいはせいぜいウィリアム・ホルマン・ハント（訳注・十九〜二十世紀にかけて活躍したイギリスの画家）が描く、心の扉をたたくイエス・キリストのようなエキゾチックな風貌をしている（訳注・「世の光」と題した絵）くらいに思っていたのだろう。

必然的に開拓者たちは、神の助けを呼び求めた。もちろん彼らが危険な目にたびたび遭うのは、自ら進んで過酷な辺境地へと移り住んだせいなのではあるが。十九世紀に人々に愛された賛美歌は、神が盾であり避け所であることを彼らに想起させた。とうさんも、家族の心を保ち勇気を奮い立たせるため、繰り返し賛美歌をバイオリンで弾いて聴かせたのである。

とうさんには希望があった。アメリカ政府が、インディアンの領地を開拓者へ開放するだろうと目論んでいたのだ。歴史の動きを見れば直《じき》にそうなっていくだろうと思ったのも無理はない。とうさんが「今に見ていろ」と言わんばかりの態度でいたのも当然のことだったのかもしれない。

インディアン・テリトリーに建てられたインガルス一家の粗末な家屋は、インディペンデンスから遠く離れており、生活用品を買いに行く以外、一家が町を訪れることはなかった。しかも出かけるのはとうさんのみ。かあさんと娘たちは家で留守番をするのが常で、そのため文字どおり彼女たちは文化的環境から取り残されていた。三人の子どもを連れての(キャリーは一八七〇年にこの地で誕生した)往復約四十キロもの旅は、ほぼ不可能に近く、もちろん毎週教会に行くことも無理であっただろう。

たとえとうさんとかあさんが教会に行くことができたとしても、インディペンデンスの教会はほとんどがメソジスト教会かバプテスト教会で、おそらく彼らにはしっくりこなかったにちがいない。彼らにとって、メソジスト派は少々感情過多に思えただろうし、バプテスト教会には一度も行ったことがなかったため、どんなところか見当もつかなかったであろう(皮肉なことに、ローラは晩年メソジスト教会の教会員となった。しかし、信仰の証しと称してプライベートな話を人々の前でするのを好まない姿勢は終生変わらなかった)。

共に音楽を奏でる家族は結束が固い

インガルス一家は、開拓生活のストレス解消の一つとして、しばしば教会に古くから伝わる賛美歌を共に歌った。チャールズ・ウェスレーが作った賛美歌は、どの賛美歌集にも載っており、一家にとって良い気晴らしとなっただろう。よく知られるこれらの賛美歌の歌詞も、きっとインガルス一家に多くの慰めと励ましを与えたにちがいない。

「世にあるかぎりの　ことばをもて
恵みの勝利を　たたえて歌わん」（訳注・『讃美歌21』四番「世にあるかぎりの」）

「あめなるよろこび　こよなき愛を
たずさえくだれる　わが君イエスよ」（訳注・『讃美歌』三五二番「あめなるよろこび」）

「わが主を十字架の　なやみと死にまで
おいやりまつりし　われをもかえりみ」（訳注・『讃美歌第二編』一二三〇番「わが主を十字架の」）

日々新たな危険が襲う、そんな暮らしをしていると、神の御国《みくに》のたしかさを見失ってしまいそうになるものだ。『大草原の小さな家』にこんな話が出てくる。ある朝、一家は、ヴァーディグリス川近くから聞こえるヒョウの恐ろしい鳴き声で目が覚める。しかし、とうさんが歌を歌ってくれたおかげで、家族は怖い気持ちをしずめることができたのであった。ヴァンダービルト大学の音楽学の元教授でアメリカ南部の研究者でもあるデール・コックレル博士は、とうさんがバイオリンで奏でる音楽は、インガルス一家のアイデンティティ、そして一体感を形成する上で重要な役割を果たしたと述べている。コックレルは、インガルス一家が歌った歌を収録したCDを作成し、そのCDに収められている曲について解説した『ザ・ハッピー・ランド・コンパニオン（*The Happy Land Companion*）』という本の中で、小さな家シリーズ八冊の物語中に少なくとも百二十六曲もの歌が登場し、その他にも何百もの曲について言及されていると記している。[7]

「小さな家シリーズには、軽音楽、舞台音楽、ミンストレルショー（訳注・顔を黒く塗った白人【特に南北戦争後には黒人】によって演じられた、踊りや音楽、寸劇などを交えた、アメリカ合衆国のエンターテインメント）で歌われる歌、愛国唱歌、スコットランド民謡、アイルランド民謡、賛美歌、黒人霊歌、バイオリン曲、校歌、歌や踊りを楽しむ社交場で歌う歌、フォークソング、チャイルド・バラッド（訳注・十九世紀にフランシス・ジェームス・チャイルドによって編纂されたイギリス、スコットランド、アメリカのバラッド集）、ブロードサイド・バラッド（訳注・ブロードサイドと呼ばれる安価な紙に印刷され、十九世紀に広く普及されていたバラッド）、クリスマスソング、輪唱歌等が登場し、またカウボーイ・ソング、オーセージ族の戦い踊りなどについても触れられている。全作品を貫く音楽精神の担い手はローラの父チャールズ・インガルス（一八三五～一九〇二）。彼は機会さえあればバイオリンを弾き歌を歌う真の音楽好きであった。注意深く布にくるまれ、バイオリンケースの中に大切に納められ、さらにクッションの間にしまわれた『とうさんのバイオリン』こそ、インガルス一家の旅路にいつも連れ添い、荒涼とした厳しい開拓生活における一家の忍耐力と我慢強さを象徴するものであった」

インガルス一家がカンザス州の草原に仮住まいをし、オーセージ族のインディアンたちが自分たちの土地をアメリカ政府に明け渡すことに同意するのを待つあいだ、とうさんは、折に触れ、家族と共に歌を歌った。賛美歌は、心の拠り所と安息を一家に約束した。たとえ今でなくとも、いつか「ついに、かがやくみくににて」与えられることを。

はるかにあおぎ見る
かがやきのみくにに、

父のそなえましし
たのしきすみかあり。

われらついに
かがやくみくににて、
きよきたみと
ともにみまえにあわん[8]

とうさんは、一家を信仰的に支え励ます以外にも、陽気な道化役を買って出て、たくさんのレパートリーの中から楽しい曲を選んではバイオリンを弾いて聴かせ、家族の心を元気にした。特に「アーカンソーの旅人」を歌う場面は、小さな家シリーズに一度ならず何度も登場する。インガルス一家がカンザス州に逗留《とうりゅう》していた頃も歌われた。ちょっとおどけた感じのこの曲は、とうさんのお気に入りのひとつであった。
「アーカンソーの旅人」は、曲そのものに歌詞はなく、バイオリンが奏でる曲と曲の合間に物語が語られるというかたちをとる。疲れた旅人が雨の降る晩、どこかに泊まる場所はないかと、古いあばら屋の主《あるじ》に一番近い町への行き方を尋ねる。あばら屋の主は、町へはどう行ったらよいかわからないし、その先に何があるのかも見当もつかないと答える。旅人は、あばら屋の天井のあちこちから雨漏りがしていることに気づき、なぜ屋根を直さないのかと尋ねると、雨が上がっている間は天井を直す必要などないし、雨が降っている最中に天井を直すなどばかばかしいかぎりだと答える。こんな会話が何度か続き、最後に疲れた旅人はその場を離れる。[9]

こうした楽しい曲の中でも、当時もっともよく演奏されたのが「ジンクス隊長」[10]だろう。ローラは開拓生活を振り返る中で、たびたびこの歌について触れている。インガルス一家のような信仰深い家族が、罪意識のまるでないジンクス隊長の物語を面白がっていたことは興味深い。

ジンクスは、一節目の曲の中で、「馬のかいば」に「トウモロコシと豆」を与え、誰かの恋人となるには歳を取り過ぎているにもかかわらず、「若い娘《こ》たちを」「相手に」したことを認める。二節目では、ジンクスは、厳しい訓練など到底耐えられないため軍隊に入るには向いていない人物であることがわかる。はたしてジンクスは、戦いのさなか不名誉にも敵前逃亡したことを認め、軍隊をクビにするぞと上官に脅される。

しかしながら、ジンクスはこう言い放つ。「私をクビにするですと？　おやまあ、それはお笑い草ですな。私からとっととおさらばしますよ、大変お世話になりました。もう二度とお会いすることはないでしょう、さあさあ、ごきげんよう！」そして最後にもう一度、突飛な声でコーラス部分が歌われるのである。

この曲が我が家のレパートリーに含まれていないことを残念に思う。ピアノの得意な母は、きっと上手にこの曲を弾きこなし、お気に入りの一曲にしたにちがいないだろうから。

『大草原の小さな家』の最後では、オーセージ族の土地から開拓者たちを追い出すために軍隊が出動する。これはアメリカ合衆国連邦政府がインディアンと交わした協定を重んじた数少ない出来事の一つであった。しかし、それはほんの一時的なことにすぎなかった。それから一年も経たないうちに、ワシントンＤＣは判断を翻し、オーセージ族をその土地から追い出したのである。

いずれにせよ、とうさんは、一八七一年、インディアンの領地から強制撤去される前に、決然と自ら建てた小屋（現在、インディペンデンス近くに、この小屋のレプリカが建てられている）を退去し、家族を伴ってふたたび移住する。

インガルス一家の旅の生活はこれで終わったわけではなかった。むしろ、まだ始まったばかりだったのである。

第2章 約束の地を目指して

ローラは自分がいいたかったことをはっきりとはいえなかったけれど、あのウェシントン・ヒルズは、ローラにとってはただの草深い丘なんかではない。あの青い影のように見える丘は、はるかな土地へ行きたいというローラの気持ちをいっそうかきたてた。[1]

—ローラ・インガルス・ワイルダー

ローラとその家族が人々に愛されるのは、きっと彼女たちが勇気と気概にあふれているからなのだろう。一家がカンザスに住んでいるあいだも、またここを離れても、その点は変わることがなかった。小さな家シリーズの物語では、インガルス一家はカンザスからミネソタ州ウォルナット・グローブへ直接移り住んだことになっているが、実際にはウィスコンシン州にあるペピンの自宅へいったん戻り、そこに少なくとも三年は滞在している。しかし、ペピンの人口がさらに過密化し、野生の獲物が捕りにくくなってしまったため、一家はふたたび荷物をまとめ、新しい地を目指すことにしたのであった。

若い一家よ、西を目指せ

インガルス一家がなぜ、一八七四年にウォルナット・グローブ近くのプラム・クリーク（今日も同じ名称で呼ばれている）の土手に家を構えたのか、はっきりとした理由はわからない。一家は、チャールズの兄弟にあたるピーターとその妻イライザと共にふたたび旅立ったのだが、ピーター夫妻と行動を共にしたのはミネソタ州に到着するまでのほんのしばらくの間であった。ピーターたちはザンブロ川の近くに住むことにしたため、彼らをそこに残してそのまま旅を続け、やがてミネソタ州の西部に位置する広大な土地に落ち着くこととなる。

プラム・クリーク周辺の土地は、小麦や一毛作の穀物を育てるのに最適であると思われた。もし収穫した作物が高い値段で売れたら、農夫一人が抱える借金くらいゆうに返せたであろうし、翌年もその状態が続けば、将来裕福になる道も拓けたかもしれない。残念ながら、現実はそう簡単にはいかなかったのだが。

おそらくインガルス一家は、新しい土地にやってきたことで生活が持ち直し、希望にあふれたことだろう。とうさんは根っからの放浪者であったが、かあさんは定住することをいつも望んでいた。インガルス一家の新しい家はウォルナット・グローブの近くにあった。ここに住むようになって初めて、娘たちを学校に通わせ、家族で教会に集う機会にも恵まれたであろう。驚いたことに、とうさんは、約七十万平方メートルの土地を、たったの四百三十ドルで手に入れることができた[2]（ちなみに私の父は、限度額ギリギリまでローンを組み、たった三十万平方メートルの土地で酪農業を始めようとした。そして一時、五十頭もの牛の世話をしていたそうである）。

興味深いことに、ローラは、自分の家族を周囲から孤立した存在として描いている。はるばるノルウェーからアメリカに渡ってきたネルソン一家は、インガルス一家の良き隣人ではあったが、あまり英語が得意ではなかった。そのため、かあさんは親しい交際相手がおらず、娘たちの存在に助けられていた。

インガルス一家が、組合教会のエドウィン・オルデン牧師の導きのもと、教会を始めようとしていたのはちょうどこの頃なのではないかと私は思っている。オルデン牧師は、アメリカ国内伝道者協会から任命され、ミネソタ州ワセカ郡から西へ百六十キロほど離れたウォルナット・グローブまでを担当区とし、宣教の働きに従事した。ウォルナット・グローブの町は鉄道に沿って広がっていたため、発展しつつあった。発展する町もあればそうでない町もあったが、教会を最初に始めるのであれば、人口が急速に増加する町にあたりをつけるのは当然のことであろう。

教会を開拓する任にあたっていたオルデン牧師は、ほがらかな性格の持ち主であったため、インガルス一家全員、彼を大切な兄弟として受け入れていた。当時、同じ信仰を持つ友を「兄弟」あるいは「姉妹」と呼ぶ習慣があった。今でも、教会によっては、ボブ兄弟、スーザン姉妹という言い方を耳にすることがあるが、現在は互いにそのように呼び合うことはめったになくなった。

とうさん、かあさんはおそらく幼い頃から育った信仰背景が同じであり、出席していた教会文化をふたりともよく理解していたにちがいない。

合同組合教会の創立メンバーの一人であったとうさんは、礼拝のあいだ、かあさんや娘たちから離れて、長老たちと共に会堂の前列に座ったのであろう。[3] 教会の働きにそれほど積極的ではない他の既婚男性たちは、家族と共に礼拝に出席した。どんな若い女性が礼拝に来ているかを観察したい若い男性は、しばしば会堂の後ろの席に座った。男性と女性の席を分ける教会もあったが、合同教会はそのようなことがなかった。西部に住むクリスチャンたちは、開拓生活を送るあいだに、礼拝でどこの席に座るかについてある種の平等意識が芽生えたのであろう。

当時の教会は大人によって大人のために建てられた場所であり、子どもへの配慮が欠けていた。今日におけるよりも、礼拝で何が行われているか子どもたちに説明するようなことがなかった。大人の礼拝と並行して「子どもの礼拝」がささげられることもなかった。『プラム・クリークの土手で』の一場面にあるように、ローラが初めて教会に行ったとき、彼女は幾分がっかりしたのであった。帰宅する馬車の中で、とうさんから教会の印象を聞かれたローラは、なんと答えてよいかわからず、みんなあまり賛美歌が上手ではなかったと思わず口走ってしまう。とうさんは笑い、もし賛美歌集があればきっともっとうまく歌えただろうが、今はそのようなものを買うお金がないから、と答えた（訳注・『プラム・クリークの土手で』二十四章「教会通い」）。

ローラは、オルデン牧師に対し良い印象を抱いた。それはたぶん、彼が、ローラやおそらくメアリーにも目を留めてくれたからであろう。ローラが突然教会に行きたい気持ちになったのは、そこにオルデン牧師がいたからであった。ローラは、オルデン牧師を、自分の群を愛する羊飼いのような柔和で優しい人として考えるようになる。

その一方で、ローラはオルデン牧師の祈りを長すぎると感じ、礼拝中つい気が散ってしまう。しかし、ローラはやがて日曜学校に興味を示すようになるのだ。それはローラが霊的に成長する上で大切な転換点となる。その様子は、パメラ・スミス・ヒル編の『大草原のローラ物語――パイオニア・ガール』に描かれている。

「その冬の間、わたしたちは日曜日の午前はうちの教会と日曜学校へ行き、午後はそのメソジスト教会と日曜学校へ行きました。メアリは午後は出かけませんでした。冬の間ずっと、体調が優れなかったからです。ときどきパーが一緒に行ってくれることもありましたが、わたしはぜったいに休みませんでした。日曜学校でコンテストがあったからです。それは、年の終わりまでに、一年間分の、聖書の主の教えと主要な真実を正しい順番にすべて覚えて言えた生徒にごほうびが与えられるものです。毎週日曜日に聖書の句をふたつずつ覚えていかなくてはなりません。ついにコンテストのときがきました。ひとりずつ、日曜学校の生徒全員の前に立って、その年の最初のレッスンで習ったことから始め、それぞれのレッスンの主の教えと主要な真実をいうのです。ひとりずつ順番にいっていくのですが、途中でだれも助けてはくれません。ごほうびは、注釈つき聖書でした。

ひとり、またひとりと前に出て、暗唱しましたが、脱落していきました。わたしの番がきました。わたしは完璧にできました。けれど、なんということでしょう、ハワード・エンスンも完全に暗唱ができました。ごほうびはひとつなのに、勝者がふたりだったのです。

先生は、牧師の奥さんで、わたしにこういいました。もし待ってくれるのであれば、もう一冊取りよせることができるし、そちらは金の留め金がついていると。そこで、わたしは待ちますと答えました。

ハワード・エンスンは復興集会のあと、組合教会に参加し、毎週水曜日の夜の祈りの集会に出て、証をしていました。それはなんとなく、お祈りを自分だけでしたいと思っているわたしには納得できないことでした。自分と神のあいだには、自分と神以外のものは何も存在しないとわたしは思うのです。母親を愛するようなことです。ですから、そこらじゅうに、『わたしは母を愛しています。とてもよくしてくれています』といいふらして回ることなどしません。ただ母を愛し、母がしてほしいことをする、それでよいと思うのです[4]」

この頃のローラの信仰の旅路において教会が果たした役割は、すでに家庭で学んだことをしっかりと根付かせることであったと思う。ローラが聖句を暗唱したのは、それがかあさんの言いつけであったから。ローラがとうさんの言うことに従ったのは、聖書に汝《なんじ》の父母を敬えと書かれてあったため。ローラが正しくありたいと願ったのは、美徳そのものが神からの報いであったからだ。

正直なところ、幼い頃に合同組合教会やメソジスト教会の日曜学校に通う経験がなかったら、ローラにとって教会はただの退屈な場所となっていたかもしれなかった。ローラは静かに話に耳を傾けるよりも、活発に動き回るのが好きなおてんば娘であったからだ。彼女が教会で学ぶことができたのは、家庭において両親を通して真に信仰者として生きる姿を学んでいたからであり、日曜学校が、彼女のありあまるエネルギーを発散できるような、教師や生徒たちどうしが活発に対話できる場であったからだ。

子育てをしていた時期のとうさんやかあさんの素晴らしい点のひとつは、ふたりとも実に丁寧に子どもたちの言うことに耳を傾けていたことであった。ローラは物語の中で、たびたび両親に対してかんしゃくを起こした。メアリーとローラのあいだでけんかが起きると、両親はいつもローラよりもメアリーの言い分を信じたからである。しかし、ローラが何か心に悩みがあって両親に相談に行くと、とうさんもかあさんも必ず温かい態度でその話に耳を傾けた。そのようなエピソードがしばしば物語に登場する。

そのひとつが、ローラがとうさんの言いつけを破り、たった一人でプラム・クリークの水遊び場へ出かけようとした話である。ローラは、自分がいけないことをしてしまったことを知っていた。ローラは、とうさんのところへ行き、言いつけを守らなかった自分の罪を告白する。とうさんは、ただちにローラをしかりつけることはせず（親であればついやってしまいがちなのだが）、その代わりにローラの話にじっくりと耳を傾けたあと、何と言葉を返したらよいかわからないと正直に告げる。もしこんなふうに言いつけに従わないのであれば、今後ローラを信頼することはできない、しかしいつもローラを見張っているわけにはいかないと伝える。そして最後に、ローラは丸一日、家の中で過ごさなければならないと命ずるのである。もしローラがそのあいだ良い子にして、ちゃんとお手伝いもしていたとかあさんが認めるならば、ふたたび外を走り回る自由を与えると約束するのであった（訳注・『プラム・クリークの土手で』五章「きみょうな動物」）。

ローラはこのようにして罪ゆるされる経験をすることで気持ちが回復し、大切な学びを得ることになる。これこそが、ローラの物語を貫くテーマのひとつである。なぜなら、ローラはいつもメアリーと自分を比べ、劣等感にさいなまれていたからである。とうさんもかあさんも、ローラが実に頼りがいのあるかわいい娘であることを彼女に伝えてはいた。たとえ髪の毛の色が金髪ではなくて茶色であったとしても。自分が金髪であったメアリーは、金髪のほうが美しいとローラにいつも言うのだった。私は幼い頃、『プラム・クリークの土手で』を読み、メアリーも時には両親に従わないこともあったのだと知り、安堵《あんど》したのを覚えている。私もローラと同じく、メアリーの完璧さにうんざりすることがあったから。

ローラにとってウォルナット・グローブは大切な場所であった。その町だけでなく、土手も、牛たちも、教会も、そしてあの意地悪なネリー・オルソンも。ローラは、物語に登場するネリーは実は実在の人物ではなく、折に触れ、彼女と衝突した数人の少女たちを合成した架空の人間であると述べている。しかしながら、この架空の人物は、ローラにとってあまりにも現実味を帯びた存在だったようで、何十年経っても、ネリーについてまるで実在した一人の人間であったかのようにたびたび言及していた。

ネリーは店のオーナーの娘で、ローラが欲しいと願うものをすべて手に入れている人物として描かれている。ネリーはローラの物語の中に繰り返し登場し、インガルス一家がいかに貧しかったたか、また彼らのように謙虚でつつましい人たちの心にも、うらやみやねたみの感情が芽生えるものであることを読者に想起させる役割を果たしている。ネリーは、あるクリスマスにまつわるエピソードにも登場する（訳注・『プラム・クリークの土手で』三十一章「思いがけないこと」）。ローラはその出来事を通し、愛を示されたときには喜んでその愛を受け取ることの大切さを学ぶのである。ある年のクリスマス、オルデン牧師は教会で盛大な祝会を開くことを計画する。しかし、そこに集う会衆は日々必死にやりくりしながら生活している人たちであった。会堂にクリスマスツリーが運び込まれ、東部の人々が開拓者たちに贈ってくれたキャンディや品物が枝につるされる。人の心の温かさを示すこの出来事は、インガルス一家を徐々に呑み込んでいく貧しさを予見するものとなった。作物は不作に終わり、イナゴが大発生し、干ばつに遭う等、開拓生活の現実は過酷な出来事の連続であったが、教会は闇の中で輝く光であり続けた。ふぞろいに張り出した木の枝につり下げられた数々の贈り物は、そこに集う人々の痛みや苦しみをしばしのあいだ忘れさせてくれた。

ローラは、喜びにあふれつつ、このクリスマスの祝会を後にする。いつもながら意地悪極まりないネリーのことさえも進んでゆるそうと思ったほどだった。というのも、ローラは、ちょうど欲しいと思っていた物を手に入れることができたから。そう、それは、小さな毛皮のマフとケープだった。

奇妙な寄り道

一八七六年、インガルス一家は思い切ってウォルナット・グローブを引き上げ、東に位置するアイオワ州バー・オークという町へ向かう。一八七五年に、息子チャールズ・フレデリック・インガルスが生まれた。やがて成長すれば農作業の助けとなってくれるはずの息子の誕生は両親にとって光であり希望となったが、残念なことに病弱であった。フレデリックはバー・オークへ向かう途中で亡くなり、とうさんの兄弟であるピーター一家の家の近く、ミネソタ州サウストロイで埋葬された。インガルス一家はピーターの家にしばらく滞在するが、とうさんはバー・オークにあるマスターズ・ホテルの従業員となるため一人旅立った。[5]とうさんはこの仕事に就くことにあまり乗り気ではなかった。少し遅れて家族もバー・オークへ移った際、同じくウォルナット・グローブから引き上げてきたステッドマンズ一家と同居することとなる。ステッドマンズ一家が、そのホテルの主要株主であると思われたが、インガルス一家は、共同経営していると受けとめていた。

前進し続けるために時には後退することも必要であったが、ローラはインガルス一家の歴史の中でも、この時期のことについては詳細に語る気持ちになれなかったようである。バー・オークでの出来事は小さな家シリーズの中に記されていない。この頃の様子は、ローラの書簡や寄稿文、あるいはバー・オークの住民から聞き取った情報からしか知ることはできない。
その町での暮らしが不幸の連続で辛いことばかりだったわけではない。その町には教会もあった。インガルス一家がその組合教会とどのような関わりがあったのか、あるいはそもそも関わり自体あったことすらわからない。とうさんはそれまでと変わらず、バイオリンを弾くことで一家に希望を与え、かあさんは引き続き娘たちに聖書の知識をたたき込んだ。ローラは町の学校に通うことで文章を読む力が格段に飛躍したと、後に当時を振り返り語っている。

とうさんもかあさんも、アイオワでの暮らしをなんとか回していくため、身を粉にして働いた。ホテルの仕事は忙しく、娘たちも時間のゆるす限り手伝いに駆り出された。とうさんはホテルの従業員として働くかたわら、穀物の製粉や大工仕事など、必要とあらばどんな雑用も引き受けた。とうさんを怠惰だなどと揶揄《やゆ》する者などいようはずもなかった。とうさんががむしゃらに働いたのも、かあさんや娘たちの将来を思い、希望を抱き続けたからである。

しかし、かあさんの判断で、すぐに一家はホテルから居を移す。ホテルの客の一部に粗野でけんか好きな輩《やから》がいたからである。ある男性客がホテルの一室で妻に向けて銃を発砲し、扉に複数の穴を空けてしまうこともあった。また町には酒場もあり、かあさんはそのことを快く思っていなかった。ある時、泥酔した男性がたばこに火をつけたとたん、アルコールを含んだ息に引火し焼け死んだという事件まで起きていた。

一八七七年に三女グレイスがバー・オークで誕生したにもかかわらず、インガルス一家は、ここに住んでいたことを記憶から消し去りたいとさえ思っていた。グレイスが誕生するや否や、近所のある女性がローラを養女にしようとしたため（ローラはそれを聞いてぞっとした）、とうさんは夜のうちに家族を馬車に乗せ、借金があるにもかかわらず逃げ出したのである。とうさんは間違いなく後にその借金を返済しただろうと私は信じている。

一家はふたたびウォルナット・グローブに戻ることとなる。ウォルナット・グローブは、一家にとってバー・オークよりも住みやすい土地柄であった。

一家、ふたたび西へ

一家にとって初めて故郷と呼べる場所となったこの町での生活は、以前と同じようにうれしいことも辛いこともあったが、バー・オークよりもはるかに居心地のよい場所であった。インガルス一家は、とうさんの夢である西部の地にふたたび住むこととなった。

この時、メアリーはすでに視力を失っていた。メアリーの目の症状は徐々に進み、目が見えなくなった原因はただ推測するしかなかった。『シルバー・レイクの岸辺で』は、メアリーの失明の原因を猩紅熱《しょうこうねつ》によるものと説明しているが（訳注・『シルバー・レイクの岸辺で』一章「思いがけないお客さま」）、実ははしかが悪化したことが原因ではないかとする専門家もいる。またほかにも、メアリーは神経的な病を患っていたとする説もある。いずれにせよ、大人へと成長したローラは、メアリーの病を正確な言葉で説明することができなかった。メアリーは何らかの病を得、結果として視力を失ってしまった。ローラとしては、この出来事そのものを消し去りたかっただろう。誰でも心が壊れそうなほど辛いことは忘れてしまいたいものだ。

ウォルナット・グローブにおいて、教会や信仰者どうしの交わりは一家にとってなくてはならないものであった。古くからの仲間とはさらに絆《きずな》が深まり、また、新天地を求めてやってきた人々との大切な出会いもあった。依然としてイナゴの発生には悩まされ、農場経営はリスクを伴うものであったが、西部は挑戦する者たちに、何度でも繰り返しやり直す機会を与えた。そういう意味で西部の辺境地は、開拓者たちにとって懐の深い地であったと言えよう。

とうさんはただちに合同組合教会の役員に選ばれ、礼拝のときには、会堂の指定された席に座るようになった。盲人となったメアリーも特別に役員のメンバーとして記録されているが、その記録そのものが少し曖昧かもしれない。というのも、かあさんも夫であるとうさんと共に役員のメンバーに加えられているはずであるが、その記録がないのである。かあさんも役員でなければとうさんも役員として選出されることはなかった。

ローラは、ふたたび教会学校や教会の活動に活発に加わった（教会よりもどちらかと言えば教会学校）。おそらくこの頃、ローラは信仰復興集会に参加するようになったと思われる。

正直なところ、ローラにとって信仰復興集会は恐ろしく感じられ、当惑するものであった。あの親切でやさしいオルデン牧師はすでに教会から去り、別の牧師が牧会にあたっていた。

信仰復興集会は少々圧倒されるような雰囲気があり、ローラは髪の毛がそばだち、背中に寒気を覚えた。[6] 感情主義が礼拝に忍び込み、教会全体を支配しているように思われた。牧師の言葉はもはや意味をなさず、悔い改めの迫りと警告をただ繰り返すだけであった。ローラは、講壇から叫びながら説教する牧師自身がまるでサタンの化身のように感じられた。そうこうするうちに特別集会は終了し、生活は落ち着きを取り戻すのであった。

一家が戻ってきたなつかしいウォルナット・グローブはしかし、以前とまったく同じというわけではなかった。住民はめまぐるしく入り替わり、とうさんは依然さまざまな才能を発揮し、どんな仕事でも引き受けた。そうせざるを得ない事情があったからである。このたびの逗留《とうりゅう》では、とうさんは農業に従事せず肉屋を経営し、また頼まれた大工仕事は何でも引き受けた。新しいこの土地で、多くの人々が家の建設に追われていたのである。

経済は常に好調というわけではなく、政府による社会保障制度もなかったが、当時は働く気さえあれば何かしら仕事があった。もちろん、仕事をしていたからといって有り余る富を手にしたわけではなかったが。

幸い、シカゴ・アンド・ノース・ウェスタン鉄道が町の真ん中を通り、ダコタ準州まで延びていた。ジョン・ミラー博士は、その著書『ローラ・インガルス・ワイルダー伝――「大草原の小さな家」が生まれるまで』の中で、チャールズは、妹のラドシアから「よい話をもちかけられた」[7]と記している。ラドシアの夫ハイラムは請負業者で、仕事の空きや欠員の情報を把握していた。とうさんは新しく住むこととなったその地域の外れにある鉄道施設で一か月五十ドルという条件で働くこととなった。それは当時、牛飼いの平均賃金が一か月三十ドルであったことを考えるとかなり好条件であったと言えよう。しかも宿泊所もついていた。

職を得れば農場や大切な土地を売却する必要がなくなるため、チャールズは二つ返事でその仕事を引き受け、家族と共にダコタ準州のシルバー・レイクへと向かった。

ほとんど持ち物がなく身軽であったため、移動自体は一家にとって楽なことであった。

草原に家を建てる

ローラは物語の中で、シルバー・レイクのそばを通る鉄道で働く頃のとうさんや大人の女性へと成長する自分について記しているが、彼女が少女から若い女性へと成長する真の分岐点となったのは、サウスダコタ地方の大草原にある小さな町デ・スメットの発展に関わったことであった。

教会について言うならば、とうさんは仲間たちと共に、オルデン牧師が新たな宣教活動を始める手助けをした。その働きはやがて実を結び、一八八〇年にエドワード・ブラウン牧師のリーターシップのもと、第一組合教会が創立されたのであった。

ローラは、愛すべきオルデン牧師はだまされて追い出されたため、この教会の初代牧師になれなかったのだとずっと信じていたようである。ローラの目に、ブラウン牧師はいつもみすぼらしい身なりをし、たばこの汁のついた手入れのされていないひげをたくわえた野蛮人のように見えていた（訳注・『大草原の小さな町』十七章「親睦会」）。しかしながら、後にローラはブラウン牧師の娘アイーダ・ブラウンと大変親しくなる。ローラは後に、農業新聞のミズーリ・ルーラリスト紙のコラム執筆を始めたが、ブラウン夫人について好意的な文章を寄稿している。

　理由は定かではないが、ローラは以前の教会からの転会状がなかったようで、とうさん、かあさん、そしてメアリーのみが「他教会からの転会状」[8]による転入者として新しい教会の創立メンバーとなった。その数か月後に教会が正式に宗教法人化されると、とうさんはふたたび役員として選ばれた。これで、とうさんは二つの教会の創立に携わったことになる。

　インガルス家は一家そろって第一組合教会の働きに深く関わった。当時の地方紙によると、いくつかの教派の異なる教会が、互いの教会の創立のために協力し合ったようである。聖公会の人々が集会場所がなくて困っていると、バプテスト教会が会堂を提供した。また、ほぼプロテスタントの信徒で占められる町で、カトリック教会の創立のために援助の手が差し伸べられることもあった。さらにデ・スメットでは、教派を越えて「合同」礼拝を行うという習慣もあった。

ローラは十五歳頃になると、男性からの視線を意識するようになる。町には独身男性が多く移ってきたが、結婚適齢期の女性が少なかった。酒場で時間を過ごす男性もいたが、アルマンゾ・ジェームス・ワイルダーは教会へ通い、やがて教会からの帰り道、ローラを家まで送るようになる。ローラ一家が冬のあいだデ・スメットに住み、その家が教会から数ブロックしか離れていないにもかかわらず。

興味深いことに、アルマンゾが幼少期に育ったニューヨーク州マローン近くの教会について唯一知られていることといえば、安息日のきまりが厳しく守られ、礼拝説教は二時間にも及び、幼い子どもたちは日曜日になると丸一日椅子に座って静かに過ごさなければならなかったことである。

ローラとアルマンゾのロマンスと結婚については、小さな家シリーズの最後の二冊（訳注・『この楽しき日々』と『はじめの四年間』）にたっぷり記されている。ローラがアルマンゾを結婚相手として意識するようになる以前のまだ十五歳のときに、ブルースターという人物に誘われ赴任した学校で教師生活をスタートさせた頃、ローラを耐えがたい環境から救い出すため、アルマンゾは週末ごとに彼女のもとに通い続けた。

学校は冬の二か月間のみ開校され、一か月の給金は二十ドルであったが、この仕事は若いローラにとってあまりにも荷が重すぎた。ローラはブルースター家に下宿したが、おそらく一家の主婦であるブルースター夫人は私の推測によれば鬱を患い、夫に農業から退いてほしいと願っていたのだろう。ブルースター夫人があからさまに夫と言い合い、非難する姿にローラはショックを覚え、その家からすぐにでも逃げ出し、夫婦げんかなどしたこともないとうさんとかあさんのいる温かい家庭に戻りたかった。

ローラがブルースターの家族と同じ屋根の下で過ごすことを耐えがたいと感じているのを察したアルマンゾは、自分のそりを馬に引かせ、毎週約十九キロもの距離を往復したのであった。ローラは、将来の夫となるアルマンゾが、ある年のクリスマスを、彼女にとって特別なものとしてくれたことを思い出深く振り返っている。

「そこは私が初めて教師として赴任した学校であった。……しかし私はまだ十六歳［原文ママ］で、学校は家から十九キロも離れ、開拓地の寒さは厳しかった。学校は下宿先から約一キロ半離れ、私は雪ですっぽり覆われた道を毎朝毎晩往復した。その日は特に雪がよく降り、まばらにしかいない生徒たちはそわそわと落ち着かなかった。というのも時刻はまもなく午後四時になろうとしており、翌日はクリスマスなのだから。『先生』自身も落ち着かなかったが、そんなそぶりは見せないよう気をつけていた。しかし内心クリスマスの日にはちゃんと家に帰れるか心配だったのである。

とうさんに迎えにきてもらうには寒すぎたし、しかも北西の方角から嵐が迫り、今にも猛吹雪になりそうな気配である。それでも明日はクリスマスなのだし、と思いあぐねていると、なんと、外からそりの鈴の音が響いてきたではないか。大きな毛皮のコートに身を包み、そりいっぱいに外套を積んだ男性が窓の外を通るのが見えた。ああ、私は家に帰ることができるのだ！……

その日のそりの旅を生涯忘れることはないだろう。鈴の音が陽気に響き渡り、毛皮の外套に包まれているおかげで暖かかった。しかし外気の寒さは次第に増し、吹きすさぶ雪のせいで時折馬たちが前に進めず立ち往生した。

真っ向から強い風を受けるため、後に「マン・オブ・ザ・プレイス（Man of the Place)」（ローラは夫のことをこう呼んだ）となったその人は、少し進んでは馬を走らせるのを止め、凍った雪が馬の鼻の穴をふさいで息ができなくならないよう、それぞれの馬の鼻から手で雪をこそげ落とした。その人は少し進んでは止まり、馬が呼吸できるように同じことを繰り返した。

やっと家にたどり着いたときには、気温は氷点下四十度まで下がっていた。雪の量があまりに多く、道の反対側さえも見通せないほどであった。私は身体が冷え切っていて、半ば抱えられるように家の中に運び込まれた。でも、私はクリスマスに家に帰ることができたので、寒さも危険もすっかり忘れ去ることができたのだった[9]」

若い家族よ、南へ向かえ

ローラとアルマンゾは、一八八五年八月にブラウン牧師の家で結婚式を挙げ、その六十四年後にアルマンゾが天に召されるまで結婚生活は続いた。教会で式を挙げなかったのは、アルマンゾの母親と姉が大きな結婚パーティーを開こうと企てているのを阻止するために、結婚を早めたからである。若い二人にはそのようなパーティーを催すお金もなく、またそのようなことをされたら、自分たちの特別な日が台無しになるとアルマンゾは思っていた。

結婚の決断をするまでローラとアルマンゾは三年間交際していたので、この結婚はけっしてあわてて、あるいはいっときの感情でなされたものではない。当時、ハネムーンなどというような習慣はなく、二人は結婚の翌日にマンリー（ローラは夫のことをよくこの名で呼んだ）が彼女のために建てた家に移り住んだ。

アルマンゾはローラのことをベッシーと呼んでいた。[10] アルマンゾにはすでにローラという名の姉がいて、その姉とはあまり仲が良くなかったからだ。ローラも「アルマンゾ」という名前が言いづらいという理由で別の呼び方をしていた。つまり呼び名については互いに妥協し合ったというわけである。少し不思議な気もするが、なにはともあれどんな結婚も、妥協から始まると案外うまくいくものなのかもしれない。

二人の若い頃の歴史を年表にすると、それはまるで壮大なギリシャ悲劇さながらである。

一八八五年　ローラとアルマンゾ結婚。
一八八六年　長女ローズ、誕生。
一八八七年　ローラの父、土地の権利を手放し、町へ移住。
一八八八年　ローラとアルマンゾ、ジフテリアを患う。病気が回復に向かっている中アルマンゾが脳卒中に倒れ、治癒するまで時間がかかった。足に後遺症が残り、生涯足を引きずりながら歩くようになる。長男が誕生するが生後わずか十二日で命を落とし、名前も付けられないまま葬られる。ローズは、弟の誕生と死を大人になって知ることとなる。
一八八九年　家が火災に遭う。
一八九〇年　一家三人でミネソタ州スプリング・バレーにあるアルマンゾの両親の家に移り住み、アルマンゾの快復を待つ。
一八九一年　温暖な気候の地で過ごすことでアルマンゾが快復することを期待し、フロリダに移り住む。
一八九二年　デ・スメットに帰り、ローラは仕事を得、わずかであるが収入を得るようになる。

一八九四年　ミズーリ州オザークへ移り、心機一転新生活をスタートさせる。
信仰の試練は、しばしばそれまで思いもしなかった新しい道へと私たちを導くものである。

約束の地へ

ミズーリ州マンスフィールドへのローラ、アルマンゾ、ローズの旅の様子は、『わが家への道――ローラの旅日記』によく描かれている。この本は、過酷な旅について記した優れた記録である。ローラとアルマンゾが結婚してから九年の年月を経た頃の記録であるが、現代のカップルが、彼らのような波乱に満ちた人生にはたして耐え得るかいささか疑わしい。

行き先にミズーリ州を選んだのは、彼らが目にした鉄道パンフレットに、オザーク、特にマンスフィールド周辺について「大きな赤いリンゴの土地」と記されてあったからである。この地が豊作と穏やかな気候を約束していると知ったローラ一家は、友人のクーリー一家と共にふたたび約束の地へと向かう決意をしたのだった。

ローラとアルマンゾは、安住の地を得る最後のチャンスを果たすために、頑張って貯めた百ドル紙幣を手に旅立つ。この紙幣はオザークの土地を購入するために必要になるときまで、ローラの膝机の引出しに大切にしまい込まれていた。

ローラの記録を読むと、彼らは実にさまざまな交渉や支払いをしたことに驚く。旅の途上で、アルマンゾは、アスベストと呼ばれる新しい素材で作られた火消し用の布を食料や日用品と交換したこともあった。ローラは、旅の出来事を注意深く日記に記録した。それは彼女にとって本格的な文章作成の機会となったが、当時はそれを公にするつもりはなかった。

一八九四年の八月、一家は無事目的地に到着したが、なんと百ドル紙幣がどこかに消えてしまったことが判明した。[11] その出来事からかなりの年月を経て、自分なりに調べた資料も加え『わが家への道』を編集したローズは、その最終章に、その出来事の顛末について記している。それを読むと、そのときのローラたちにとってこの出来事がどれほどの恐怖体験であったかがわかる。

お金は机から落ちてしまったのだろうか。ローラがそれを最後に見たのはカンザスに滞在していたときであった。

友人のクーリーが盗《と》ったのか。いや、そんなわけはない。

あるいはローズが机の物を出して遊んでいたのだろうか。「そんなことは断じてない！」とローズは語気を強めて否定する。

時が週単位で流れていく。ローラは、リンゴの種木が点々と置かれ植えられるのを待つばかりとなった丘の景色に魅了されたが、百ドル札が失われたままでは支払いができない。机の中を丹念に探してもやはりそれは出てこなかった。

アルマンゾは、片手間仕事を探しに町へ出る決心をした。

ローラが最後にもう一度机の中を見ると、なんと失われたはずの百ドル札がそこにあるではないか！　そのときの喜びは何にもたとえようがなかった。

人生とは、それが終わったと思った瞬間に始まるものである。ローラ一家はすぐに農地を手に入れ、生涯そこから離れることはなかった。

そして、やがてその地で、ローラは素晴らしい物語を紡ぐことになるのである。

第3章 信仰の同志

自分のために、地上に宝を蓄えるのはやめなさい。そこでは虫やさびで傷物になり、盗人が壁に穴を開けて盗みます。自分のために、天に宝を蓄えなさい。そこでは虫やさびで傷物になることはなく、盗人が壁に穴を開けて盗むこともありません。[1]

―マタイの福音書六章一九、二〇節

アルマンゾは、たとえどんな人生を歩んだとしてもきっと教会へ導かれたにちがいないと私は信じるが、彼がデ・スメットやマンスフィールドの教会で活発なメンバーになったのには、ローラとの結婚が大きく影響したことは間違いない。休みのない農夫にとって、教会の交わりに参加する務めから逃れる言い訳などいくらでもある。結局のところ、彼らにとって安息日とは、普段通り農場で働く一日、神の造られた偉大な「自然の教会」の中で過ごすいつもと変わらない一日にすぎないのである。

アルマンゾとはどのような人物だったのか

ワイルダー一家が集っていたマンスフィールドにあるメソジスト教会の牧師の一人、カールトン・ナイト師は、アルマンゾが「牧師に対し人見知りをする」タイプだったと語る。[2]しかし、そのような性格が垣間見られたのは、アルマンゾが八十代の頃だったようである。その頃のアルマンゾについて近所の子どもたちは、まるで「隠遁者《いんとん》」のようだと感じていた。ローラもアルマンゾも、日曜毎の礼拝出席は若い頃から築き上げてきた習慣であり、生活の一部であると考えていた。[3]もちろんローラは、信仰の確信にもとづいて教会へ通っていた。

アルマンゾの少年時代を描いた『農場の少年』によると、当時日曜日は、家庭や社会において信仰深く敬けんであるために労働から解放される一方で、一週間のうちでもっとも退屈な一日となった。[4]正直に言ってしまえば、日曜日は多くの子どもたちにとって、楽しいことをすべて取り上げられ自己犠牲が強いられるもっとも忌むべき日であったのだ。その日が早く過ぎ去るよう、昼寝をしていたほうがましだとさえ思う子どももいたくらいである。それは本来イエスが教える信仰のあり方をどれほど損ねるものであったか、その影響は測り知れない。イエスは、すべての楽しみを否定することによって聖《きよ》さを得ようとした人々から、「飲んだり食べたり」してばかりの「大食い」「大酒飲み」、「取税人や罪人の仲間」と思われていた。[5]

小さな家シリーズの後半において、アルマンゾは、教会からの帰り道、ローラを家までエスコートするようになり、そのとき初めてローラは自分に恋人ができたことを意識するようになる。[6] ローラは、自分がまだ十五歳の少女であるにもかかわらず、アルマンゾがすっかり成人した男性であることから、動揺を禁じ得なかった。たしかに当時アルマンゾはすでに二十五歳になっており、交際が始まった最初の頃はどちらにとってもこの年齢の開きが気がかりだったようである。

一家の信仰

結婚してからの十年間は、ローラとアルマンゾにとって信仰が大きく試された時期であった。前述したとおり、二人の家が火災に遭い、何度も作物の不作を経験し、一人息子を亡くし（名前をつけられないまま葬られた）、ふたりそろってジフテリアに罹《かか》って健康を損ない、銀行から多額の借金をした。そのあとすぐにアルマンゾは脳梗塞を患い、足に後遺症を残すこととなる。アルマンゾの快復は遅く、ローラは大きな重荷を背負いながらその後の人生を歩むことになる。

もちろん、困難に立ち向かったのはこの若い夫婦だけではなかった。当時、誰もが作物の不作に苦しみ、購入できる日用品は東部から輸送されたものしかなく、その値段の高騰に苦しんだ。原因不明で治療困難な病によって命を落とす子どもは他にもいた。子どもを失うことなく命を脅かす病に苦しまない家族などまれであった。また、病気や悪天候によってたくさんの家畜が死んだ。しかし大勢の開拓者が、「来年は今年よりもきっとよくなる」という希望にしがみつきながら貧困を耐え忍んでいたのである。

ローラとアルマンゾは、結婚してからの数年のあいだはデ・スメットにある組合教会に集っていたと思われる。ブラウン牧師は晩年まで牧会を続けた後、引退していた。ブラウン牧師自身農地を得るために働く開拓者であり[7]、彼の息子マークは地元新聞社の職員であった[8]。ローラの苦手とするブラウン牧師はすでに引退し教会を去ってはいたものの、ローラとアルマンゾにはデ・スメットの教会に通い続けることができない事情があった。なかなか回復しないアルマンゾの健康のためには南部の温暖な気候が良いと判断し、ミネソタ州のスプリング・バレー、そしてさらにはフロリダ州へ向かうことにしたからである。結局南部に移っても期待した結果は何も得られず、そこからまたふたたびデ・スメットに戻るまで、ふたりは教会につながり、クリスチャンの交わりに加わることはできなかったようである。デ・スメットに戻った後、ローラたちはアルマンゾが文字どおり自分の足で歩けるようになるまでのあいだローラの実家に身を寄せた。

アルマンゾの快復は遅々としたものであった。アルマンゾは町に出てちょっとした雑用を引き受け、ローラは裁縫仕事を請け負うなどして働いて、ふたり力を合わせて百ドルを貯め、心機一転出直すために、友人の誘いを受けてミズーリ州オザークにあるマンスフィールド近くに引っ越すことにしたのであった。

一八九四年にマンスフィールドに到着してすぐに、ローラとアルマンゾは組合教会を探したが見つからなかった。そのため、ふたりはメソジスト教会に通うようになり、活発なメンバーとなった。[9]歴史家であるウィリアム・アンダーソン（訳注・ローラ・インガルス・ワイルダー研究の第一人者）によると、当時その教会はすでに組織化されていたようであるが、[10]教会の歴史について一九五〇年代になされたインタビューの中でローラは、一九〇〇年に献堂式が行われたと語っている。おそらくローラたちは、マンスフィールドに到着して六年後に新しい教会堂に移ったのではないかと思われる。当時、町は入植者をどんどん迎え入れ、大きくなりつつあったのだろう。オザークの気候は冬の寒さの厳しい北部よりもはるかに温暖であった。

ローラはメソジスト教会をよく知る人には馴染みが深い婦人援護会に参加し、活発に活動していたと思われる。開拓地の教会において女性たちは、たとえ自分たちの立場に正式な肩書きが与えられなくとも、積極的にリーダーシップを発揮し奉仕に励んだ。ローラは、かあさんがかつてそうであったように熱心な教会員であった。ふたりは町から一キロ半近く離れた郊外に建つ、『大草原の小さな家』に描かれたような粗野なつくりの小屋に住んでいた。そのため町なかに住む人たちのように教会生活に熱心でなくてもけっして不思議ではなかったし、実際のところアルマンゾは、ローラのとうさんのように子どもの霊的な養いをしっかりと行っていたとは言いがたい。二人の娘であるローズは、素直に親の言うことを聞く子どもではなかったのも事実である。しかし、映画やテレビなどない当時、教会は人々にとって歌を楽しんだり社交の場となったりするなど、多くの楽しみを提供した。

ローラが住んでいた地域では、他にカトリック教会、バプテスト教会、長老派教会などがあった。バプテスト教会もいくつかの派に分かれ、ローラは、礼拝の儀式のひとつとして互いの足を洗い合うことを行っている教会について好意的に語っている。この地域においても教義的な違いによって実に多くの異なるグループがあったが、これらのグループのあいだには共通した認識があった。それは、信仰者は、神のひとり子であり私たちの罪の犠牲となったイエス・キリストと個人的な関係を持つ必要があること。ある教会では、イエス・キリストに自分の人生をささげ、信仰によってキリストを心に迎え入れることを公に表明するために、講壇の前に進み出ることを求められることもあった。

心からの献身をもってその求めに応じるためには、福音書や新約聖書の書簡の教えをしっかり学び、一時の感情の高ぶりによって早まって前に進み出ないよう、他の人たちが前で信仰を表明する様子をきちんと見ておく必要があった。それゆえ、そのような信仰的養いを受けるために、日曜学校に出席することが大人にとっても子どもにとっても大切なことであった。

ローラの関心を引いた教師A・C・バートンは、聖書の教えを実践する人物であった。[11] バートンはメソジスト教会の信徒説教者であり、彼が説教をすると会堂の席がほぼ埋まった。農夫でもあったバートンは、約十万平方メートルの土地から得られる作物の収穫によって自身と家族を養っていた。ローラは彼のような実際家タイプのクリスチャンを称賛した。

ローラは、ミズーリ・ルーラリスト紙への記事の中でバートンについて触れており、きっと彼なら「キリストを宣《の》べ伝えよ」という召命にも「畑でトウモロコシを育てよ」という召命にも同じように応えただろう、と記している。いずれにせよ、ローラはバートンの「農業神学」を好意的に捉えていた。バートンは、「農地を無駄にすることは罪であり、それは他の罪と同じように、その罪そのものが責めとなる」と信じていた。だから、他に住むのに良い場所はないかとさまよい歩くのではなく、今置かれたところを良い場所とすべきなのだ、とローラは結論づけている。アルマンゾも、バートンのようなタイプの人間だった。

ローラとアルマンゾがフリーメーソン（訳注・十六世紀後半から十七世紀初頭にかけて誕生した友愛結社。現在も多様なかたちで全世界に存在する。「自由」「平等」「友愛」「寛容」「人道」の五つの基本理念をかかげ社会奉仕や慈善活動を行うことを目的としている。ボーイスカウトやライオンズクラブもフリーメーソンに由来）のメンバーとなるよう導かれたのは、彼らに実践主義に賛同する思いがあったからではないだろうか。当時フリーメーソンの活動は中西部じゅうに普及しており、とうさんとかあさんもデ・スメットにおいて早い頃からフリーメーソンに関わっていた。ワイルダー夫妻がフリーメーソンに関わるようになったのは、マンスフィールドにいた頃からではないかと思われる。

フリーメーソンの信条には宗教的な要素も含まれていたものの、むしろそれは良い働きをしたいと願う人間が所属するひとつの組織にすぎなかった。ちなみにとうさんは、禁酒運動を主な目的とする友愛結社オッド・フェローズにも所属していた。

ローラ、そしてアルマンゾのどちらについても心に留めておくべきことは、ふたりとも宗教論争や教義上の細かいこだわりとは無縁の人たちだったということである。ローラは、互いの足を洗い合うという儀式について好意的であったが[12]、あえて自らその儀式の実践者になることを願わなかった。いずれにせよ、ふたりの周辺にいた人たちは、彼らと同じような信仰を持っていたようだ。入植者たちは、入植の時期にかかわらず実に似通った考え方をしており、もし違いがあったとしても洗礼の時期や方法に関するくらいのものであった。

メソジスト派の人たちが唯一共に集まって何かをするとすれば、それはキャンプ集会であった。それは一週間ほどの「休暇」を用いて行われることもあれば、週末を利用して持たれることもあった。ローラにとって賛美の時間は特別であった。キャンプ集会で歌われる歌は、子どもの頃に家の暖炉の周りでとうさんのバイオリンを聞きながら家族で歌った歌であり、夫妻にとって馴染みのあるものばかりであった。ローラとアルマンゾは、若い頃、歌の学校に共に通ったことがあった。そこでは、賛美歌に混じって「三匹の見えないハツカネズミ」（訳注・マザーグースの歌）や「ゆかいな牧場」などの楽しい歌も歌われた。『この楽しき日々』の「バーナムが歩いた」の章を見ると、二人が使用した歌集には、「天は神の栄光を語り」という聖歌が含まれていた。[13] ふだんのさりげない日常生活にキリスト教が自然に溶け込んでいたのである。

第4章 草原を覆う陰

農場で暮らす女性の環境は狭く閉ざされ、その生活があまりに単調なために、彼女たちの多くは心を病んでしまうと言われていた。[1]

――ローラ・インガルス・ワイルダー

私は、ローラ・インガルス・ワイルダーの作品はすべて大好きなのであるが、今から四十年前、彼女が晩年に書いた作品、『はじめの四年間』を読んだとき、なんとなく気持ちが落ち着かなかった。この物語は今でこそ小さな家シリーズの中に含まれているが、一九七一年に出版された当時はそうではなかった。これは、本来シリーズの最後の作品となるはずであった『この楽しき日々』に描かれたローラとアルマンゾのその後の生活を描いている。

ローラは、『この楽しき日々』のあとにもう一つ作品を加えたいと思っていたらしいのだが、一九四九年にアルマンゾが九十二歳で亡くなったあと、その構想は長いあいだ実現することがなかった。

短く素っ気ない説明文がそのまま本となったようなこの物語に、私は困惑を覚えた。それ以前の作品に見られるような明るさや活気を感じなかったからかもしれない。私はこの本に「東に住もうが西に住もうが、我が家が一番」、「神が共にいれば我が家は幸せ」といったテーマを期待したのだった。しかし、『はじめの四年間』は、悲しい出来事が間断なく続き、落胆に満ちた作品であった。物語にある唯一喜ばしい出来事は、ローラの妹グレイスに「赤ちゃんの中でもとびきりの赤ちゃん」と言わしめたローズの誕生である。

幼い頃に小さな家シリーズに親しんでいたときはわからなかったが、この物語を大人の視点で眺めると、そこには別の側面があるのかもしれないことに私は徐々に気づき始めた。この物語にはもっと深い内容を読み取ることができるのではないか。実際に記されている出来事以上のことが、この物語には込められているのではないか。ローラは、この辛く試練続きの時期、信仰者としてどう考え行動したのだろう……。そんな思いが私の胸に迫ってきた。

そこで私は、ローラについて書かれた資料、そしてローラ自身が書き残した文章をさらに読むことにした（特に、彼女が大人の読者に向けて記した文章）。すると、ローラやその家族について、小さな家シリーズに描かれている以上に知るべきたくさんの事柄があることがわかってきた。ローラの真の姿を理解するためには、彼女の開拓生活や信仰についてさらに深く読み解くことが必要であった。そこで私は、ローラの家族、彼女たちが育った頃の文化や状況、そして、それらが彼女の信仰の成長にどのように影響を与えたかを、本書を通して伝えようと思ったのである。

太陽がその顔を隠すとき

『はじめの四年間』を読んだ私は、開拓者の女性たちが、とりわけどのようにして鬱が引き起こす悲惨な状況と闘ったのかを知りたいと思った。ローラも、時として憂鬱な気分を晴らすために、何か手段を講ずる必要があったのだろうか。

幸い私たちはアーサー・キャッパーが残してくれた資料から、その答えを探ることができる。今日こそキャッパーについて知る人は少ないが、一時期彼はかなりの有力者であった。政治的な野望を抱いていたキャッパーは農業新聞社を興し、そのおかげで中西部において富を築き、多大な影響力を持つようになった。カンザス州出身のキャッパーは、知事を二期務めた後、さらに一九一九年から四九年まで米国上院議員として活躍した。

一九一〇年、キャッパーはミズーリ・ルーラリスト紙を買収した。[2]この新聞は今日も定刊誌として発行されている。一九一一年にローラはルーラリスト紙の記事を執筆するよう依頼され、一九一五年頃から農業に関する記事や家庭欄記事の編集も行った。そのおかげで私たちは、実際に起きた出来事についてローラが大人の視点で記した文章を読むことができ、開拓者としての彼女の暮らしぶりをリアルに知ることができる。

ローラは、ミズーリ・ルーラリスト紙に、鬱について率直に記した文章を寄せている。彼女の記事は、開拓者の女性たちが皆どのような闘いをしていたかを明らかにしている。以下、ローラが一九二〇年に書いたコラム記事の抜粋である。

「その朝、私は不機嫌な気持ちで目覚めたため、まるで世界全体が暗く青みを帯びたかのようだった。青色は、本来美しい色であることは疑うべくもない。それが空の色に留まっているのなら問題はないが、気持ちまでがその色に染まってしまうと困ったことになる。空の青色が地上に住む哀れな人間の心にまで降りてくると、まるでこの人生は生きる意味などないかのように思えてしまうのだ。

私はその日の雑用を行う気持ちになれなかった。朝食をとる気分にもなれなかった。朝の家事を片付けるなど考えただけでも嫌気がさした。なんとか気持ちを奮い立たせいつもの務めに手を付けながら、私は仕事をする意味についてずいぶんと思いをめぐらしたが、いっこうに気が晴れなかった[3]」

開拓時代について書かれた他の本や資料を読んでも、当時心の健康を保つことは、命の危険を脅かす数々の脅威から身を守るのと同じくらい大変であったことがわかる。一九二七年にオーレ・E・ロールバーグが著した『大地に潜む巨人たち（*Giants in the Earth*）』に、そのことがはっきりと示されている。この本は非常に優れた作品と評され、ネーション誌は「アメリカにおける開拓生活について、ここまで最大限に素晴らしく力強く描いた小説はない」[4]と明言した。コロンビア大学教授の歴史学者ヘンリー・スティール・コマジャーも、この本について、「我が国の文学史上、これほどまで西部の開拓生活についてしっかりと描いた洞察力あふれる作品はない。当時存在した数ある悲惨さの中でももっとも痛ましいのが『むなしさ』であった。このむなしさこそが、『大地に潜む巨人たち』を貫くテーマなのである」[5]と述べている。

ロールバーグの描く草原に潜む巨人のひとりが「絶望」であり、それは特に女性開拓者の生活にはっきりと姿を現した。草原での暮らし、特にもっとも近い家や町から数キロも離れた土地に入植し農業を営む人々の暮らしに、深い孤独感が容赦なく襲った。辺境の地における子育てや日々の家事はいつ果てるとも知れぬ重労働であり、それはしばしば妻の仕事であった。彼女たちは、他の女性たちからの支えや励ましをいっさい受けることができなかった。ローラ自身の生活も例外ではなかった。また彼女は若い頃に教師としてブルースター家に下宿していたとき、その家の主婦であったブルースター夫人が心病んでいたことから、鬱が人にどのような影響を与えるか身をもって知っていた。

また、ローラが生きていた当時の暮らしについて調べると、開拓者の日常生活において、生命を脅かすほどの心の病が蔓延していたことを知ることができる。もちろん、小さな家シリーズの作品にはそのような現実があったことはほとんど描かれていない。

ローラが学校をちょうど卒業する頃、インガルス一家はネバ・ウェイリーとその家族と知り合いになった。ウェイリー家の長女でローラの同級生のネバは、鬱はただの心の不調に留まらないことを実際に肌で感じていた。彼女の母親の鬱があまりにも重く、すべての希望がついえてしまうほどの状態になってしまったのである。

ネバ・ウェイリーは、ダコタにあったローラの住まいの近くで、入植初期の頃から精いっぱい自分の人生を生きたようである。一九七三年にサウスダコタ州ブルッキングズで百歳の誕生日を迎えたネバ・(ウェイリー)ハーディングは、若い頃を振り返り、母親の鬱の原因や状態について語っている。

ネバはひとつの興味深い指摘をしている。彼女の話によると、開拓生活は子どもたちにとっては必ずしも辛く苦しいものではなかったというのだ。よく手伝いはさせられたが、それほど多くの悩みはなかった。また責任を伴う仕事を任されることもあったが、大変なことと言えばそのくらいであった。彼女の弟のマーシャルは五歳のとき、家を寒さから守るために内壁に木くずを釘で打ち付ける仕事が任された。

ネバの話によると、子どもたちは容易に環境に順応した。子どもは自分の今の状況と引き比べる過去の経験が少なく、ただ日々を精いっぱい生きることに忙しく、将来の計画もなかった。大人が考えるほど楽しさいっぱいであったわけでも、また悲しさにひたっていたわけでもなかった。子どもたちはただ日々を漂うように過ごし、すべてをありのままに受けとめて生きていた。食事や暖、住む場所を与えられ、批判的に物事を捉えることなく、両親がどのように暮らしを成り立たせているのか心配することもなかった。

ローラの作品『長い冬』にも描かれる一八八〇年から八一年にかけての厳しい冬のあいだ、ウェイリー家の人々も家族総出で、暖炉の燃料にするために干し草棒を作った。[6] 時間が経つにつれ、子どもたちはこれを生活におけるごく当たり前の仕事として受けとめていた。歴史上まれに見る厳しい冬のあいだも、子どもたちは何かしら気晴らしの手段を見つけた。父親であるジョシア・ウェイリーは、木工のおもちゃを子どもたちのためにこしらえた。干し草でできた棒を木に見立て、「木」を上ったり下ったりできる木彫りのサルなど。チャールズ・インガルスと同じく、ジョシアもバイオリンを弾くことができたので家の中では音楽がいつも流れていた。それは、とうさんが弾いていたのと同じ、「アーカンソーの旅人」、「マネーマスク」、「いたちがピョンとはねた、いいやつ見つけた」などであった。[7] ジョシアは、紙でできた詰め物を飛ばすことのできる銃を作ることもあった。ネバには、たった一つだけだったが人形も与えられた。家の中には、他にもおはじき、ドミノ、洗濯ばさみ、積み木などもあった。マーシャルとネバは、椅子をひっくり返し、キルト布の枠を線路に見立てて汽車ごっこをして遊んだ。ふたりとも大きな危険のさなかにありながらも、安心して暮らしていたのである。

その間、母親であるウェイリー夫人は、たった一人ただひたすら働き続けた。彼女の心に巣くった孤独感が、鬱に罹ってしまった原因となったのは明らかである。ローラ・インガルスと知り合った頃のウェイリー夫人はまだ二十八歳であった。

その頃のウェイリー夫人の仕事といえば、次のようなものだった。

・鶏を育てる。
・大きな庭に作物、特にジャガイモを植え、育てる。
・タチアオイ、パンジー、モスローズ、オニユリなどの花を育てる。
・イチゴの苗床作りをする。
・スグリ、グーズベリー、ルバーブの栽培を始める。
・リンゴ、プラム、トネリコバノカエデ、樫、クルミ、セイヨウトネリコ、柳、ギレアドバルサムノキ、メギヘッジの木を植える。
・草原で火事が起こっていないか見張りをし、火が迫ってきそうなときは家を守る。

それ以外にも、衣服の繕い、新しい衣服の作成、食事の支度、子どもたちが暖かく安全に過ごせるよう目配りをする、暖炉を掃除し灰をかき出す、そして食器洗いなども行っていた。最初に迎える冬のあいだ、一家にはまだ井戸がなかった。引っ越してきたとき、すでに地面が凍っていたからである。そこで水を必要とするときは雪を溶かすという作業も加わった。入植者を訪ねる人などめったにいなかったので、ウェイリー夫人のもとにほとんど来客はなかった。

一八八〇年から翌年にかけての厳しい冬のあと、ウェイリー氏はやっと家から出ることができ、五キロ弱離れたデ・スメットで見つけた大工の仕事をするため、歩いて通うこととなった。この点もチャールズ・インガルスと同じである。おそらくデ・スメットでインガルス一家、特にとうさんと出会うことができたのだろう。そしてきっと組合教会の礼拝にも誘われたのだろうが、土地の申請期間がまだまるまる五年もあったので、馬と馬車を所有できるほど自分たちが裕福であるとは思えなかった。そのため、家族を連れて日曜日に礼拝に行くことができず、彼の妻の孤独はいっそう深まることとなったのである。

ウェイリー氏は町で仕事ができれば十分と考えていたため、あまり農業には手をつけなかった。町へはそれほど遠くはなかったが、仕事から帰宅した後は牛の世話をするくらいしかできなかった。ろうそくの灯りで読書することも難しかったので、夜は早く就寝した。

ウェイリー夫人はといえば、昼も夜も休みなく働きつづけた。[8] ネバは次のように回想している。

「母は、数人の幼い子どもと共に一日中家にいて、庭をくわで耕し、足の速いジャージー牛と格闘しました。ある日など、牛を柵につなぐ綱が母の足首にからまってしまい、数メートル引きずられてしまったこともあります。しかし、母にとってもっとも辛かったのは、暮らしの単調さ、そして孤独でした。開拓地に住んでいた五年間のうち、母が楽しみのために出かけたのはただ一度、エクスチェンジホテルで行われたダンスパーティーのみでした。母は、たとえ半日であっても家を離れることなどめったにありませんでした。もし家に馬と馬車があったら、時には気晴らしのために出かけることもできたかもしれません。もし農地を拡げ、収穫を増やし、実りを目の当たりにすることができたら、やりがいを感じることもできたでしょう。しかし現実は、まだ二十八歳の母にとって、人生でもっとも良い時期であったはずの五年間は、まるで牢獄に入れられたようなものでした。また、最初の年の夏、私が長く体調を崩し、それが盲腸の炎症によることが明らかであるにもかかわらず医者に連れて行くことができなかったことも、母にとってどれほどの心の負担となったことでしょう。母はかつてイリノイ州で暮らしていた頃に一番下の弟を腸チフスで亡くしていて、もし自分がつきっきりで看病していたら、弟は死なずにすんだのではないかという罪責感にさいなまれていたのでした」[9]

ウェイリー夫人が日々の生活の中で絶望していたのは明らかであった。いくつか身体的な病と闘ったあと、とうとうかなり重い鬱に陥ってしまったのである。

「母は健康を回復しましたが、すっかり覇気がなくなってしまいました。母は深い落胆の淵《ふち》をさまよい、長い間泣き暮らしました。絶え間なく独り言をもらし、死にたいと口にするようになりました。私はとても怖くなり、『泣かないで。私とマーシュを残して逝かないで』と母に懇願しました。母は、まるでこの子はいったい誰なのかといった目で私を見やりながらため息をつき、『そうね、私は死ぬことさえも許されていないんだわ』と苦々しくつぶやいたのです。

今の時代、もし人がそのような状態に陥ったらノイローゼと診断され、休養のために別の場所へと移されるのでしょうが、開拓時代においては、『少し気分が落ち込んでいるのだろう』くらいに思われて、自分で頑張って治すしか術がありませんでした。

五年間がやっと過ぎた段階で、私たち家族は町へと移り住み、母はぎりぎりのところで心の病から救われたのです」

ある意味、これはウェイリー夫人にとってハッピーエンドとなった。しかし、ウェイリー夫人と同じ苦しみの中にあった他のたくさんの女性たちも、彼女と同じように助けの手が差し伸べられ快復することができた、などと安易に考えてはならない。

ロールバーグの『大地に潜む巨人たち』に加え、開拓者の妻たちの実際の生活については、ほかでもないローラとアルマンゾの一人娘ローズ・ワイルダー・レイン（ローズはジレット・レインという名のセールスマンと結婚したが後に離婚している）が著した『大草原物語』（訳注・ローズ・ワイルダー・レイン著、谷口由美子訳、世界文化社、一九八九年、初版原題 *Let the Hurricane Roar*）にも描かれている。この本は、小さな家シリーズの二作目『農場の少年』がリリースされた一九三三年に出版されている。この二冊は雰囲気がまったく違う。

『大草原物語』はローズの最高傑作であると広く認められているが、文章は驚くほど暗く、それに比べローラの小さな家シリーズの作品は実に生き生きと活気にあふれている。『大草原物語』の中でローズは、どうでもよい詳細な記述は省き、圧倒的な脅威である自然と人間との峻烈な闘いそのものに焦点を当てて書いている。結局は人間のあいまいな勝利に終わる、実にあいまいな結末となっている。

端的に言えば、『大草原物語』は霊的な面に関する内容も浅い。信仰者の希望が描かれていないのだ。この物語はママ・ベス（ローズは母親をこう呼んだ）がたどった歴史に由来し、『プラム・クリークの土手で』、『シルバー・レイクの岸辺で』、『長い冬』の内容と重なる。[10] ローズは、約百ページにわたり、母ローラの物語、特にとうさん、かあさん（つまりローズの祖父母）のエピソードを題材に用い、ほとんど希望を見出せないわびしい草原での生活を記している。

『大草原物語』の主な登場人物が、すでにローラから聞いていた話に出てくる人物と重なることについては、見ようによっては深く考えずにそうしてしまったとも、無断でそうしたともどちらにも解釈できる。ローズが祖父母や両親への敬意を本に込めたにせよ、ローラは、娘が自分や両親の生活について描いた文章を初めて読んだとき愕然としたのであった。ローラは自分自身の物語が、娘の思いどおりにされてしまったかのように感じたのだ。そのことを考えると、ローズが自分の本の中に母ローラの物語の登場人物をそのまま登場させたことは、かなり大胆な行為であったといえる。ローズが祖父母の物語を本に使用した頃は、まだ叔母のキャリーやグレイスも生きていたのだから、本来ならば叔母二人と母親にきちんと許可を取るべきであっただろう。

『大草原物語』では、主人公のデイヴィッドとモリーが、単なる未開の地というより、運命という名の邪悪な力に立ち向かう。ローズは、開拓者たちには、自由で独立した魂を持ち、自分らしく生きる人であってほしかったのだ。シェークスピアの言葉を借りるならば、「おのれに忠実たれ」[11]ということだろうか。

優れた詩人として名高いW・E・ヘンリーは、その有名な作品『負けざるものたち

(Invictus)』の中でローズと同じ信念を次のように表現している。

劣悪な境遇に掌握されても
私はたじろぎも、叫びもしない
運命に殴打され、血だらけになろうとも
私はけっして屈しない

天にいたる門がいかに狭くとも
天の書物に罪が数多記録されていようとも
私の運命を司るのは私
私のたましいの指揮官は私自身なのだ[12]

ローラは、開拓者の生活の苦労や鬱について記したミズーリ・ルーラリスト紙の記事の中で、自らの憂鬱な気分について説明したあと、次のように結論づけている。

「今朝のごく個人的な思いは薄れ、今私はもっと広い視野に立ってこのことを捉えている。

まず、私は労働について、いにしえからあるひとつのきまりを思い出したのだ。『六日間働いて、あなたのすべての仕事をせよ。七日目は、あなたの神、主の安息である。あなたはいかなる仕事もしてはならない』（訳注・出エジプト記二〇章九、一〇節）……私たちは、たとえ『安息日を覚えて、これを聖なるもの』（訳注・出エジプト記二〇章八節）とすることをしなくとも、仕事の手を休めることを忘れてはならないと思う。現在の私たちの仕事に対する姿勢を考えるとき、『あなたは六日間仕事をしなければならない』［原文ママ］ことに強調点が置かれなければならない。そして私たちが六日のあいだ頑張って働き通すならば、仕事へと駆り立てられることなく心おきなく七日目に休めばよいのだ。もしわずかなチャンスでも与えられれば、土曜日、あるいは他の曜日であっても休んだらよい。もしくは可能ならば半日でも仕事から抜け出せたらよいだろう。……私は自分が達した結論を思って心が躍った。……そしていつもの仕事を気分良くこなすことができた。そのことから、身体を動かして働くよりも、あれこれいらぬことを考えるほうが、よほど私たちの心に疲れと不満を残すことがわかったのだ[13]」

ローラは、別のコラム記事の中で、すべては私たち自身の考え方、見方次第だと述べている。

「物事も、人も、私たちが自らの心が照らす光によっていかようにも姿を変えるのだ。……私たちの見るものは、私たちがどのような光のもとでそれを見るかによって変わってくる。……世界をのぞき見る窓は、私たち自身なのである」[14]

詩人ヘンリーにとって、そしておそらくローラの娘ローズにとって、希望を保証してくれる高き存在はいなかったのだろう。しかし、ローラのような開拓者にとって、神こそが、嵐の中、あるいは鬱に苦しむときでさえも、たしかな避け所であったにちがいない。古い賛美歌の歌詞にこう示されているように。

倦み疲れ、苦しみに満ちたこの土地で、
イエスは岩となりたもう
嵐の中の堅き砦……

第5章 マルタとしても、マリアとしても

「ほんの少しでいいから周りの美しい景色を楽しむゆとりがあれば……」私は思った。「やらなきゃならないいろんなことから一時でも解き放たれることができたら！」苦々しい思いが私のたましいに忍び込んできた。「いつかは暇になるんでしょうけど、いざそのときになったら楽しむ気力なんて残ってないんだわ」私はさらに思った。「そう、いつか時が来ればずっと願い続けていたものは必ず手に入る。私が年老いて弱ってしまってから、あんなにほしがってた時間がたっぷり与えられるというわけ。でも誓って言えるのは、そのときにはもう何も楽しめなくなっちゃってるってこと！」そう思ったら背筋がぞっとした。[1]

―ローラ・インガルス・ワイルダー

大人へと成長したローラは、オザークでの農作業の過酷さにストレスが溜まるあまり、時々ぞっとするような思いに囚われることがあったようだ。ローラの誠実で実直な性質を考えると、そんな苛立ちを抱えてしまうのも無理はない。

それがいわゆるプロテスタントの労働倫理からくるものであろうが、あるいは単に農夫の妻の仕事に終わりがないせいであろうが、ローラは、いつもマルタが置かれたような環境にあってマリアのごとくなりたいと願い、もがいていた。新約聖書の記事を読むと、マルタという女性が人をもてなす仕事に追われて疲れ果て、イエスのもとを訪れ、こう述べる。

「『主よ。私の姉妹が私だけにもてなしをさせているのを、何ともお思いにならないのですか。私の手伝いをするように、おっしゃってください。』

主は答えられた。『マルタ、マルタ、あなたはいろいろなことを思い煩って、心を乱しています。

しかし、必要なことは一つだけです。マリアはその良いほうを選びました。それが彼女から取り上げられることはありません。[2]』」

マリアはさまざまな家事手伝いをするよりも、イエスの足元に座り、その言葉に耳を傾けるほうを選んだ。

ローラはたびたび新聞のコラム記事の中で、しなければならない仕事があまりにもたくさんで、まるで「せかされ」、「追いかけ回されている」ように感じると愚痴をこぼしている。[3]夫婦というチームの中で、アルマンゾよりもローラのほうがより高い教育を受けているということもあり、農作物の売り上げの帳簿付け、保存食作り、造園や産卵の仕事などはすべてローラの担当であった。そんな彼女の働きぶりは、ミズーリ州じゅうに知れわたっていた。アルマンゾは、その世代のほとんどの人たちがそうであったように、正式な教育をほんの数年しか受けていなかった。

さらにローラは、さまざまな慈善活動に積極的に参加していた。[4]イースタン・スター（訳注・フリーメーソンに所属する男性の姉妹、妻、娘、未亡人が所属する結社で、慈善、教育、友愛、科学を信条としていた）の役職に就き、国立農地貸付協会の書記および会計係を引き受け、メソジスト派の婦人援護会のためにも力を注ぎ、他にもたくさんの社会活動に関わっている。あまりの忙しさにイライラ気味の主婦ローラは、車は役に立たないと不平を漏らしている。[5]というのもこの新しい発明品のせいでつい出発時間が遅れ、集会が始まってから現地に到着し、さらには帰宅時間にも間に合わず「マン・オブ・ザ・プレイス」（訳注・アルマンゾのこと。本書四四頁参照）のための夕飯作りが遅れることになるからだ。

実は、ローラが次々と色々な団体の奉仕活動を請け負うことになってしまったのは、イースタン・スターの活動を始めたことがきっかけであった。しかしこうした、誰かの役に立ちたいというローラの思いは、彼女の思慮深く霊的な一面としばしば衝突した。そのことが悩みとなり、くっきりと鮮明な悪夢にうなされることもたびたびであった。ローラは農業新聞のコラムに、自分の見た悪夢について次のような文章を寄せている。

「その日はひどく忙しく、私は疲労困憊であった。その晩ちょうど眠りに落ちようとしたとき、私はマン・オブ・ザ・プレイスの服を繕うのを忘れていたことを思い出した。次の瞬間きっと夢の世界に入ってしまったのだろう。破れたままの服が私の目の前でどんどんと広がっていき、驚くほど大きくなってしまったのだ。

するとと聞き覚えのある声が耳の奥でこう私にささやいた。『時を得た一針は九針を省く』と。

私は目の前に広げられた大きな服を見てひどく落ち込み、きっと時を得た一針を刺すことを怠ったために、服の大きさが九倍にもふくれあがってしまったのだと思った。すると別の声が私を励ますように響いた。『修復するに遅すぎることなし』と。

そうだったわ！　私は、おばあちゃんから聞いた話を思い出した。大切なお友達が、夜じゅうかかっても家族の洋服を整えるよう、おばあちゃんを励ましてくれたという話を。私は、大きくなってしまった服の修理を今すぐにでも始めなくてはと思った。しかし部屋の暗い角から突然声がして、思わず起き上がるのをやめた。『鎖の強さはもっとも弱い環次第』（訳注・たとえ一つでも弱い環があれば、そこからちぎれることになるから、鎖の強さはその弱い環によって決まる。転じて、何事でも効力は弱い箇所によって決定されるという意味）と。

と、そのとき、別の声が響いた。「新しいぶどう酒を古い革袋に入れるな」と。そんなことするわけないわ！　私は思った。それならどうして新しい布を古い服の上に……。

四方八方から、いろんな声がいっせいに私に向かってささやき始めた。それはまるで声どうし議論しているような、けんかをしているような、少なくとも互いに相容れない主張をしているように聞こえた……。

そのうちのいくつかの声が、わざと自分の存在を主張するかのようにおおっぴらに言い合いを続けた。

『転がる石に苔むさず』と、ちょっと不快な感じの声が聞こえてきた。その声を発した、白髪交じりの長いひげをたくわえた爺むさい『ことわざ』氏の姿が、ちらりと見えた気がした。

『でも、卵を抱く鶏は太らないのさ』その仲間らしい声が快活に言い返した。

『誠実で正直な人こそが神の最高の作品である』と、鼻にかかった高い声が独善的な口調でそうささやいた。

『そう、そのとおり！　誠実であることが最善の策なのさ』誰かが素っ気なく返した。少々冷たい印象を与える声であった。『愚か者は金離れが良い』いかにも口をへの字に曲げながら物を言っているような、か細い声がした。その声の主は財布の紐《ひも》も堅いにちがいない……。

　しかし、そのとき、これからとても激しい言い争いが勃発するのではないかと嫌な予感がした。突然、『道楽の限りを尽くすとは！』と冷たくあざ笑う声がしたと思ったら、『ばかな年寄りほど度しがたいものはない』と怒りに満ちた声が激しく言い返し、それに対して、『修復するに遅すぎることなし！』と説教がましい声がしたからである。おばあちゃんがお友達からかけられた一言が、別の意味合いを帯びて私の耳に届いたのであった。

　すると私のすぐ近くで、私だけに向かってふたたび同じ言葉がかけられた。『修復するに遅すぎることなし』と。目の端に、まだ繕われず放っておかれた服が、信じられないほどの大きさにふくれあがっているのがちらりと見えた。やっぱり今直さなくてはいけないかしら。こんな夜更けに？　するとやさしい声が耳元でささやいた。『一日の労苦は一日にて足れり』（訳注・マタイの福音書六章三四節参照）と。私は、おばあちゃんのお友達に向かって微笑みながら眠りに落ちていった[6]」

ローラの睡眠の邪魔をしたのはいわゆる「緊急事項の横暴」（訳注・すぐにやらなければならない些末な事柄のせいで、本当に大切なことが後回しになること）と呼ばれるものであったと、誰でも容易に想像がつくだろう。

ローラにとって、人生とは時として互いに相容れない声が騒々しくぶつかり合うものに思えたが、静かに思いを巡らすひとときを過ごすことで大きな慰めを得ていた。ローラがマリアのような一面を持っていたことは、一九二一年に彼女が書いた記事から読み取ることができる。ローラはその記事の中で、町へ向かう際、人があまり足を踏み入れない道を通ることの素晴らしさを説いている。[7] 私たちはさまざまな価値あるものを得るために奮闘努力するけれども、平安と充足を得るためにも同じく努力が必要である、とローラは結論づける。私たちが平安を得るためには、坂をただ下降するのではなく、必ずしも真っ直ぐとは限らないさまざまな道を通らなくてはならない。時にはより素晴らしい景観を臨むことができるよう、来た道を戻らなければならないこともある。道歩きは断じて退屈なものではない。町へと向かう途中に、こんこんと湧き出る泉に遭遇することもあれば、ヒッコリーの枝の下で休むひと時も与えられるように、神の創造されたこの自然は、目的地へと向かう道中においても、そして到着した先においても私たちに休息を与えてくれるのだ。ローラはそう記している。

神の創造されたこの世界の美しさに、ローラはいつも元気づけられた。ローラは家の窓にカーテンをかけたことが一度もなかった。また亀に餌付けをし、家の裏戸を開けると亀が寄ってくるほどになるまで手なずけた。あまりに多くの家事を抱えることは、ローラにとって試練のようにさえ感じられた。というのも、ローラは、アルマンゾと共に納屋で仕事をしたり、森で木を切ったりすることがこの上ない楽しみだったからである。

しかし私たちにとって、人生の旅路はほとんど上り坂である。そして道の途上に障害があることで、ある地点に達したとき、より大きな満足が得られるのである。「頑張って坂を登り切ると、森や草原、農場の景色、そして美しい天空さえ果てしなく見渡すことができ、足元には町の景色が広がっていた」[8]。私たちに喜びが訪れるのはそんなときである。私たちは幸福のあまりすっかり足取りが軽くなり、ふたたび仕事へ戻る力を回復することができるのだ。

ローラの中では、静かに聴き入るマリア、あるいは目の前の仕事に夢中になっているマルタ、どちらのほうがより大きな存在であったのだろう。正直に言うと、はっきりとした答えはない。彼女はその後もたびたび新聞に、『大きな森の小さな家』の七章、八章で描かれている彼女の祖父母のように[9]、ゆっくりと人生を楽しみたいと記しているが、オザークに住む彼女の近隣の人々の言葉を見るかぎり、ローラがはたしてその願いどおりに生きたかについて色々と意見が分かれるようである。[10]

「彼女は、さまざまな意味で夫の良き同労者であり、農場管理者としてもなかなか有能であった」。ある伝記はそう記す。また、彼女の隣人は次のように語っている。「この辺り一帯の人たちが冬のあいだは卵を諦めても、ローラだけはちゃんと手に入れることができました」[11]と。冬に鶏に卵を産ませるには相当な労力が要った。雌鳥《めんどり》は、ただ眺めているだけでは卵を産んではくれないのである。

両親、教会の感化

ローラがとうさんを心から愛していたのはもちろんのこと、かあさんもローラに大きな影響を与えた。[12]ローラは、とうさんと共に外にいるよりも多くの時間、かあさんと一緒に家の中で過ごした。もちろん、とうさんはローラの手を必要としたとき、いつも何のためらいもなくローラに声をかけたのだが。かあさんはまるでマルタのようにどんなときも忙しく立ち働いていた。とうさんは、長い一日が終わると、バイオリンを取り出して音楽を奏で、娘たちの叔母や伯父の話をするなどしてくつろいだのであろう。そしてそのそばにはいつもかあさんの姿があった。とうさんが歌を歌い、話を聴かせているあいだ、かあさんは夜遅くまで針仕事を続けていた。「女の仕事に終わりはない」[13]という古いことわざがいかに真実であったか、『大草原の小さな町』の「めくるめく愉快な日々」の章を読むとわかる。

この章の中では、夕食会の開催が誰の発案であったかは明らかにされていない。もちろん、開催の決定には男女両方の意見が反映されたが、教会の集会をこのまま駅舎で続けるのではなく、会堂を建築するための資金作りをしようという目標が定まるや否や、資金集めのための料理作りについては、何の疑いもなく女性の手にゆだねられた。ローラは、この夕食会の準備のために多くの労がささげられたことを物語の中に記している。彼女自身も働き手の一人であったため、その記録は信頼に値する。ローラは学校から帰宅するとすぐに、母を手伝い、カボチャのパイを作るためにとてつもない量のかぼちゃの皮を剝いて輪切りにし、鍋で煮た。それに加え、夕食会に持って行くミルク鍋いっぱいのベイクド・ビーンズを作るため、一キロほどの白いインゲンマメを集めなくてはならなかった。そこに集う人々、特に男性たちは食欲旺盛で、会堂建築のための資金作りという大義名分のもと、大いに夕食会を楽しんだ。食事を出すために立ち働いていた女性たちは、最後のほうでやっと食事にありつくことができた。

ブタの丸焼きに加え、次のようなごちそうが描かれる。

「マッシュポテト、つぶしたカブ、つぶした黄色いカボチャが山盛りになった皿がならんでいる。いくつものとがった山形になっていて、上の小さなくぼみから、とけだしたバターーが、たらたらたれている。大きなボウルに、干しトウモロコシをもどしてやわらかくしてから、クリーム煮したものが入っている。こんがり金茶色に焼けた、四角いコーンブレッドや、白パンとナッツ味の黒いグラハムパンの薄切りが、いくつもの皿にならべられている。キュウリのピクルス、ビーツのピクルス、青いトマトのピクルスがある。そして、柄の長いガラスのボウルには、赤いトマトのプリザーブと、野生のサクランボのジェリーがたっぷり入っている。それぞれのテーブルには、幅広の長い深皿に入ったチキンパイがおいてあり、ぱりっとした外皮のすきまから、温かい湯気がたちのぼっている[14]」

ローラにとっても他の人々にとっても、その晩はとても長く感じられた。人々が二度、三度と料理のお代わりをしにテーブルと席を往復しているあいだ、女性たちは汚れた食器を下げては洗い、さらにお代わりする人のために洗った食器をテーブルの上に置く作業を繰り返した。おそらく陰で立ち働く女性たちのために料理が取り置かれていたのであろうが、やっと食事にありつく時間が巡ってきた頃には彼女たちの疲労もピークに達し、食欲も何も失せてしまっていた。

すべての片付けが終わって家族が帰宅すると、とうさんはかあさんに婦人援護会の親睦会での彼女の活躍ぶりに感謝の言葉をかけたが、かあさんはあまりの重労働に辟易したのか、憤慨したように一言、「あれは親睦会じゃありません。ニューイングランド夕食会ですよ」と返事をしている。[15]かあさんがとうさんに文句を言ったこの出来事は、かあさんが夫に対して怒りを露わにした数少ないエピソードの一つとしてローラの本の中に記録されている。

ローラの中にあるマルタ的な側面は、おそらくかあさんから受け継いだものなのだろう。ローラもかあさんと同じように憤慨したにちがいない。その出来事からずいぶんと時を経てから、ローラはミズーリ・ルーラリスト紙のコラムに、女性は本来ならば男性と同じ組織の一員であるにもかかわらず、常に助手扱いされてきたことをかなり苦々しい論調で記している。[16] 社会や共同体は男性だけではなく、家族全体によって成り立っているのだと。

もちろん、その後も何年にもわたり教会において夕食会が持たれてきた。私にとってもそれは大変楽しい催しであったが、子どもの頃は、その会の実現のために多くの労をささげたのはいったい誰なのかという点に思いが至らなかった。ただ、敬けんな人たちの手によって供されたカボチャパイを食べながら、何気なく交わされるそのときの噂話がいつもより清らかなものに思えたのは覚えている。

このことには悲哀感が漂う。開拓者の妻たちは、理想的な存在として祭り上げられながらも、いとも簡単にその座からたたき落とされる可能性があった。女性は男性以上にしっかりと道徳規範を守り行う存在として受けとめられていた。『大草原の小さな町』の中で、とうさんは、酒場という悪商売がこれ以上広まることに対する女性たちの断固とした抗議について語っている。[17] 女性キリスト者禁酒同盟という団体の名前を見れば自ずとそれは理解できる。女性はその上さらに、入植地を開拓する男性の対等なパートナーとして、手を泥だらけにしながら男性と同じように仕事もしなければならなかった。

女性は、男性と同じようにリーダーシップを発揮し、自ら入植地を所有し、農場を経営する能力を有し、かつそれらを見事にやり遂げながら、さらに家事も請け負っていた。しかし、そんな彼女たちの努力はあまり報われることはなかった。特に政治的な面において。彼女たちは悪戦苦闘しながらも社会的立場は依然低いまま、また小さな道徳的過ちひとつで、苦労して得た座からたたき落とされてしまう。このように、当時の女性は測り知れないほど大きな重荷を背負って生きていたのである。

長年この状況を見続けてきたローラも、女性は単に家を守るだけでなく、道徳的模範を示し、政治的な面で男性と対等なパートナーとなるべきであると信じていたようだ。しかし、一九一九年四月に記した「誰が女性の仕事を請け負うのか」と題した記事の中で、ローラは第一次世界大戦の余波についてこう記している。


「新聞に大きく書かれた見出しに『仕事を得るために闘う女性たち』と記されている。その『仕事』とはつまり、男性が戦争に駆り出された後に残った仕事のことであり、それを女性が請け負うということだ。……

女性が戦争の危機的な状況のさなかにそのような重要な仕事をする能力を有し、また熱意もあると認められたと思うだけで私たちは心躍り、誇らしく顔を上げる。女性はたとえ必要に迫られても世界を動かすことはできないなどと言う輩は、二度と現れないと思うのだ。

しかし、一つたしかなことがある。女性が勝ち得た地位を保つため、私たちは論理的に考えながら前進しなくてはならないということだ。今まで女性の仕事とされてきたことを女性が放り出したまま行わず、代わりにそれを行う者も現れないとなればどうなるだろう。女性があわてて他の仕事、おそらくもっと華やかな仕事に従事し、それまで古くから行っていた大切な働きを顧みず、いい加減にしか行わなかったら、世の中に深刻な問題が生じてしまうのではないだろうか。というのも、今まで女性が引き受けてきた平凡な家仕事は、まさにすべてのものの基礎となるべきものなのだから。

もし私たち女性が世界へ羽ばたきたいと願うのであれば、また公の場で仕事をしたいと思うのならば、今まで私たちが行ってきた仕事がうまく処理されるよう何らかの手段を講じなければならない。……

私たちはこのめまぐるしく変化する時代に、できうるならば乗り遅れたくないと願う。しかしそれを可能とするためには、単調な時間から解き放たれ、自由な時間を手に入れなくてはならないということだ[18]」

そう、ここにローラの苦悩が端的に言い表されているのだ。つまり、自分の中でマリアとマルタのバランスをどう保っていくかということである。ローラは開拓者として大いに期待され、当時の女性としては活躍するチャンスにかなり恵まれたと言えよう。しかし、神が彼女の周りに置かれた自然の美しさ、素晴らしさを静かに立ち止まって味わいたいという願いも抱き、葛藤を覚えたのである。しかし、そんな時間さえ、やらなければならないことが山のようにある状況の中では無駄な時間のように思えたかもしれない。

ローラは、バーモント州に住む典型的な主婦が小間使いの娘に向かって叫ぶ言葉を引用している。「ライザ！　ライザ！　早く下りといで！　今日は洗濯の日だっていうのにまだ仕上がってない！　明日はアイロンの日なのにアイロンの準備もできてない！　そうこうするうちにあさっては水曜日！　週の半分が終わっちまうってのに、何にも手をつけていないじゃない！」[19]

ぜひ考えてみていただきたい。このマリア対マルタの葛藤は、誰の心にもあるのかもしれないということを。今まさに私は、芝を刈り、生け垣を切りそろえ、歩道わきの草を抜き、家の表庭の枯れた花を摘み取り、裏庭の畑を耕し、見苦しくなったエノキの木を数本伐採したいという思いに囚われながらも、一方では、樫の木の下でハンモックに寝そべり、ゆらゆらと揺られながら静かに物思いにふけりたいという思いもある。

マリアとマルタは、私たちすべての心のうちに共存しているのだろう。

第6章　ローラとローズ

開拓者は、けっして詩篇の作者のように正直に神に心のうちを打ち明け助けを求めるような人たちではなかった。……彼らは神を信じていたが、まずは万が一のために自分で備えをし、その後に祈りをささげた。……勇気とは宗教を信じることによって与えられるものではなく、その人の性質に起因するのだ。そして人は、課された試練に挑むに必要な勇気を備えている。[1]

―ローズ・ワイルダー・レイン

一九九三年は、ローラ・インガルス・ワイルダーの研究分野において特筆すべき年となった。この年、ミズーリ大学英文学教授、ウィリアム・ホルツ著『ザ・ゴースト・イン・ザ・

リトルハウス（*The Ghost in the Little House*）』が出版されたからである。この本は、ローズ・ワイルダー・レインの伝記である。著名なフィクション作家かつ新進気鋭の政治思想家であるローズが、その職業人生においてかなりの時間を割いて小さな家シリーズの文章の手直しを行い、さらには書き直しまで行ったことを明らかにしている。ローラとローズの共同作業は、一九二〇年代後半にローズがローラとアルマンゾと同居を開始した頃から始まり、最後の本が完成するまで続いた。ホルツ博士は、小さな家シリーズの物語の文章を読みやすく磨き上げたのは、ローズのプロ作家としての手腕と経験によるところが大きいと記している。

小さな家シリーズに関するこのような新しい洞察を踏まえつつ、この章の冒頭に引用したローズの文章をもう一度読んでみると、それは特別な意味を帯びているように思える。ローズがこれを記した一九三三年は、彼女がそれまで抱いていた政治に対する考えを一新しようとしていた時期であった。この文章は、彼女の信仰姿勢が母ローラといかに異なっていたかを明らかにしている。ホルツ博士によれば、ローズはその晩年、コネチカット州ダンベリーにあるキング・ストリート・キリスト教会の活発なメンバーであったようだが、彼女が本当は何を信じていたかは定かではない。ローズは、人生最後に幾分なりとも信仰者として落ち着いたようであるが、その人生の大半はそうではなかったし、ましてや母ローラのような開拓者としての信仰は持ち合わせていなかった。

実際のところローズは、小さな家シリーズの物語から、母ローラの信仰に関する記述をできるだけ少なくしようとしたふしがある。たとえば、ローラの記した『大草原のローラ物語——パイオニア・ガール』に、悪い行いをした少女ローラが親にゆるしを願う場面が何度か登場するが、この悔い改めのシーンは小さな家シリーズの物語にはそれほど多くない。ただ、このような小さな違いだけで、そう断定するのは不十分であることを認めなくてはならない。

ひとつたしかなことは、ローズが、ローラの娘として、また母の作品の編集者兼リライターとして、開拓者たちが備えていたさまざまな特質の中でも、とりわけ彼らの独立独行の精神、どんな苦難にも耐える我慢強さを高く評価していたことである。ローズは、さまざまな意味で「人の運命を支配するのはその人自身である」と考えていた。人間こそがすべての尺度であるのに対し、自然は人間に無関心であり、人間について何も語ることはなく、ましてや神の栄光を語り告げる（詩篇一九篇一節参照）ことなどないと理解していた。[2]

困難に見舞われながらも丁寧に仕上げられた名作

かくして、ローラとローズ母娘は、小さな家シリーズを完成させるため、互いに納得できる構想を作り上げるべく共に奮闘することとなるのだが、その作業はけっして容易なものではなかった。マンスフィールド在住の私の研究仲間によれば、ローラとローズについてひとつ言えるとしたら、「血は水よりも濃い」ということ。しかし、この本が仕上がるまでに、ローラとローズのどちらも血のにじむような痛みの中を通った。

実際、ローラとローズのファンや研究者は、私も含め皆、ふたりの性格が似ていたことを認めている。どちらも、自分のやりたいことを貫くタイプの人間であり、それは時に行き過ぎとも思えるほどであった。

ローラに関して言えば、たとえば農場に転がっている石を使って家の屋根に約八メートルの煙突を建てたいがために、夫の前で涙を見せ、アルマンゾ自身がそのことを望んでいるかのように思い込ませることに成功した。[3] 身体に障害があり身長が百七十センチに満たないアルマンゾにとって、その作業はけっして楽なものではなかっただろう。しかし、ローラはとうとう自分の願いを貫き通した。マンスフィールドから一キロ半ほど郊外にあるローラ・インガルス・ワイルダー記念館（Laura Ingalls Wilder Historic Home and Museum）近くに建つロッキー・リッジの家の屋根には、その煙突が今も美しい姿を見せている。

近所の人から、ローラは一度願ったものは必ず手に入れる方法を知っていると指摘され、たしかにそのとおりだと認めたことがあった。[4] ローラはリーダータイプの人間であり、おそらくよく遊びよく働く精力的なタイプであったにちがいない。リーダーシップの取れる人は、自分の望みどおりに物事を進める術を知っており、そのことのゆえに優れたリーダーと呼ばれるのであろう。

ローラ夫妻が一八九四年にマンスフィールドに到着したとき、実際的な事情を考慮に入れつつ、自分たちの住む土地を選んだのもローラであった。もちろんそれまでもどこかに移動する際、ローラは必ずアルマンゾに相談をしたが、話し合う前にすでに心は決まっているのが常であった。

ふたりが住むことに決めた場所はロッキー・リッジ（訳注・「岩の尾根」の意味）と名づけるにふさわしい丘の上にあり、その眼下には、一見農場を営むのによさそうな土地が広がっていた。ローラ一家がそこに到着したとき、十六万平方メートルのうちまだ二万平方メートルほどしか開墾されておらず、周りは森や草むらだらけであった。今日においてさえ、この地を訪れた人ならば誰でも、もしアルマンゾの一存でこの地を選んだのだとしたら、いったいどんな理由があったのだろうと首をかしげることだろう。もちろん土地は当時のほうがもう少し平らであったと思われる。そこは、その名の示すとおり石がごろごろと転がっており、アルマンゾは土を耕し穀物を育てる前に、何年もかけて、まずは農地から石を取り除く作業を行わなければならなかった。

アルマンゾにとって幸いしたのは、前述したとおり、前の住人がリンゴの苗を用意しておいてくれたことであった。アルマンゾは農地から収益を得るため、まずはこのリンゴの木の栽培に力を入れた。リンゴの木に実が生るには七年もの歳月が必要であったが、はじめの数年間は、育った木を伐採して販売したのだった。ローラは材木を収穫するために横引きのこぎりの使い方を学び、やがてすっかり熟達した。土地がある程度整うと、小規模だが穀物を育て始めることができた。しかし十分な収益を得られるようになるまで、アルマンゾの臨時の雇われ仕事が、しばらくのあいだワイルダー家にとって大切な収入源であった。

ローラはアルマンゾの良き助け手であると同時に、ワイルダー家の「専務取締役」とも言うべき存在でもあった。ママ・ベスは、家の基礎作りについてさえもアルマンゾに任せたりせず、自分の満足のいく仕事をする大工を粘り強く探し続けた。彼らが住んでいた家がいまだびくともせずに建ち続けていることを考えると、その判断は正しかったと言える。

ローラは、自分が積極的にリーダーシップを発揮し、物事を支配する性質があることを周りに隠さなかった。小さな家シリーズの『この楽しき日々』の中に、十八歳のローラが二十八歳のアルマンゾに向かって、私はあなたを愛しているが、結婚式のとき、今まで習しで用いられてきた「従う」という言葉を口にしたくないと言う場面がある。[6] ローラは、男がただ男であるという理由だけで常に正しいということに、ただの見せかけでも同意するような不誠実なことはしたくなかった。アルマンゾも、ブラウン牧師も快くそのことを了承するが、ローラのそのような主張は、一八八〇年代を生きる十代の女性としてはかなり珍しいことであった。

しかし、ローラはそのときはきっと理解できなかったであろうが、人は自らの人生をすべて思いどおりになどできないことを、やがて学ぶことになる。彼女の娘ローズは、彼女と同じく意志の強い子どもであった。[7] ふたりは深い愛情で結ばれていたが、時には激しく反目し合い、別々の方向へ進むこともあった。

ローズにとって人生はけっしてお花畑のような甘いものではなく、その幼少期はあまり幸せではなかったと多くの伝記作家が記している。まず始めに、ローズは町の小学校に馴染むことができなかった。ローズは田舎で育ったため、店で買った服を着ている町の少女たちと比べ、自分が貧しくみすぼらしいと感じていた。ロバにまたがって学校に向かうことも彼女の羞恥心を刺激した。また、彼女にとって学校の教師たちは皆退屈で、さらに悪いことに愚かにさえ見えた。

ローズは同世代の子どもたちと比べ知性の面で大きく秀でていたため、おそらくどんな学校や教師も彼女を満足させることはなかっただろう。ローズは真実を見抜く力があり、教師がうっかり軽率な発言をしようものなら、それに対し強く自分の考えを主張するような子どもであった。ローズは単語の綴《つづ》り大会で必ず一位を勝ち取った。勉強では誰にも負けないローズは、そのせいでますます孤立を深めた。他の子どもたちにとっては、学力を高めるよりも人気者になることのほうが大事だったからである。ローズはやがて学校を休んで家で勉強するようになり、隣家の書棚からたくさんの本を借りては欠席した授業の穴埋めをした。

本当のところ、ローズの子ども時代はどれほど困難で辛いものだったのだろう。ローズは自分の幼い日々がいかに苦痛なものであったかをよく周りに漏らし、日記にもたびたびそう記している。しかし、彼女がローラとアルマンゾを両親に持ったことは間違いなく幸運であった。あの時代、保守的な土地柄にあって、才知にあふれ欲求不満のかたまりであった子どもの反抗的な態度に、あれほどの忍耐をもって接することのできる親はそうそういなかったであろう。ローラがローズを顧みずにほったらかしにしていたとする研究者もいるが、私はそれだけは信じることはできないし、信じたくないという思いがある。

なぜこの子はこんなふうに育ってしまったのだろう

一つだけはっきりしていることがある。ローラは、高校生に成長したローズをどう扱ったらよいかわからず途方に暮れてしまったのだ。すると思ってもみないところから助けの手が差し伸べられた。イライザ・ジェイン・ワイルダー・サイヤー（そう、ローラ自身それほど従順とは言えなかった思春期に「シラミぼりぼり　ライジー・ジェイン」[8]と揶揄した人物）がローズを預かることを申し出たのだ。

イライザは他でもない南部に住む、アルマンゾの「なんでも自分の思い通りにしたがる」（訳注・『この楽しき日々』三十一章「結婚式のしたく」）姉であった。どんな事情がその背後にあったかは定かではない。ローラとイライザはなんとか仲直りできたということだろうか。家族の記録にはそのことについて触れていない。ローラは、向こう見ずで今や性的なことにも興味津々な娘が、もはや自分の手には負えないと悟ったのだろう。そこで、ローズはルイジアナ州クロウリーに住む彼女の伯母、ライジー・ジェインの家へ送られ、そこから高校に通うこととなった。

クロウリーへ越したことで、ローズは解放感を味わったことだろう。しかし、それも長くは続かなかった。というのも、ローズはたった一年で高校をトップの成績で卒業してしまったからである。ふつうは四年かかるラテン語の学習も含め、他の科目もたった一年で修了してしまったのだ。さらにローズは、学校の勉強と並行して、彼女にとっては初めてとなる恋人と過ごす時間すらあった。ローズは才気煥発《かんぱつ》で新しい考えや思想にすぐ染まり、さっそく「自立した独身女性」を目指すことにした。農夫の妻になろうなどとはつゆほども考えず、仕事を持つと決めたのだった。ローズのこのような成長ぶりは、母であるローラの心配を和らげるどころか、さらに深めることとなった。ローラもローズも自我が強かったため、この時も、そして後に小さな家シリーズの創作が始まった時も、ふたりの関係は常に良好というわけにはいかなかった。信仰に対する考え方が異なったということもあったろう。いずれにせよ、ローズはそれから数年も経たないうちに、電信技術を身に付け、不動産のセールスマンであるジレット・レインと結婚し、サンフランシスコに住まいを移した。二十世紀に入ろうとしていたその頃、サンフランシスコは成功のチャンスにあふれていた。ジレットはいつか事業を営むも能力不足が露呈し、また結婚生活にも陰りが見え始めていたのだが、サンフランシスコに行けば新しい希望を手にできる気がしたのだろう。ローズもジレットも、カリフォルニアで一旗揚げるつもりでいたのだった。

ローズと比べ伝統的な道徳観念やライフスタイルを身につけていたローラが、この若い夫婦の向こう見ずな行動についてどう感じていたかは、彼女が雑誌や新聞に書いていた記事を通して間接的にしか伝わってこない。ローラは一九一九年に「マッコールズ」という女性雑誌に、若い女性が家事をおろそかにすることについて賛同しない考えをはっきりと記す一方で、彼女たちが新しい世界へと一歩踏み出していることを喜んでいる。[9] 結婚しない女性は、もはや婚期を逃したオールドミスなどとみなされるようなことはなくなったが、彼女たちが新しい自由を手に入れたことによって家がさらに快適な場所になったというわけでもない。ローラ自身、そのようなジレンマの中でどのように生きるべきかを模索していた。彼女は一九一八年に、ミズーリ・ルーラリスト紙にこんな記事を寄せている。

「私が幼い頃、オールドミスと呼ばれる女性たちがいた。時代を経て、年長の未婚女性たちは、自分たちはオールドミスではなく、『自立した独身女性』と呼ばれるべきであると主張し始めた。このことは色々と議論の的となった。……［しかし］この問題について私はしばらく忘れていたのであるが、ある時『オールドミス』、『自立した独身女性』、そのどちらも消え失せていたという事実に気づいたのである。……その代わりに存在するのは、ただ単純に、女性、若い女性、年老いた女性、……そして未亡人であり、どこを見渡しても、もうオールドミスは存在しないのである。

この一つの事実の中に、女性にとってこの世界が変化したという物語が見て取れる。

……オールドミスがそこらじゅうに存在していた時代、女性の人生にとって一つの重大な事実とは、彼女が少女から大人へと成長するや否や、結婚しているかいないかで、ふたつの階層のどちらかに分類されレッテルを貼られていたということである[10]」


ローラは、自分の娘がサンフランシスコ・ブリティン紙に記事を書き始めた時、自分も同じように記事を書く仕事を始めようと考えたのは明らかである[11]。ところでローラは、ローズが自由奔放で型破りな人々を友人とすることについて、はたして好意的に受けとめることができたのだろうか。それについてローラは沈黙している。彼らの中には不可知論者（訳注・神が存在するかしないかはわからないとする立場の人たち）もおり、そのことを悩ましく思ったかもしれないが、それでもローラは娘と同じ道をたどり始めたのである。一人の開拓者が、もうひとりの開拓者の後を追い始めたのだ。

役割の逆転

一九一五年にローズのもとを訪ねたローラは、全国規模の刊行物への記事を書く際どのように文章を組み立てるべきか、その秘訣を娘から熱心に学んだ。[12] うまくすれば農業以外の収入源が確保できることを期待したのである。ローラはお金を必要としていた。当時ミズーリ・ルーラリスト紙から得ていた原稿料はそれほど多くなく、おそらく高くても一コラム五ドルから十ドルほどであったのだろう。しかしながら一九一六年には、ローラがミズーリ・ルーラリスト紙に書く記事は格段に増えた。

ローズが書いた最初のフィクションものは、サンフランシスコ・ブリティン紙に連載されたが、ありきたりな筋書きで、向上心あふれる主人公たちがハッピーエンドを迎えるというものであった。女性欄に掲載されたその物語は凡庸で、今日の基準からすると単純でさえあった。ウィリアム・ホルツの言葉を借りるならば、それは「臆面もないほど古くさく、決まりきった筋書きのロマンスもの」[13] であった。

そこでローラとローズ母娘それぞれに文章力を向上させるべく模索する中、子どものための詩の合作に取り組んだのは、けっして驚くことではなかった。ローラの努力は実り、後に『ローラ・インガルス・ワイルダー・フェアリー・ポエム（*Laura Ingalls Wilder's Fairy Poems*）』という作品集となって世に出た。そしてローズの努力はサンフランシスコ・ブリティン紙にこの詩が掲載されるかたちで実った。[14]

ひらたく茶色い石のした

お庭の壁をつたって下ると
そこにさかさまの街がある
家もお庭も、公園もみんなさかさま

まっくらやみのその街に
ありんこさんたち住んでいる
ありんこ赤ちゃんそだってる
ありんこ乳母さん公園へ
赤ちゃんつれだしあやしてる
良い子の赤ちゃんにはご褒美に
はちみつ一口あげている

草の上にはありんこ牛の群れ
ありんことうさんやさしく見守る
牛が草から落ちないように
えさははちみつ、夜はおうちへ
ありんこ牛、小屋でぐっすりおねんね

ローズが作家として才能に秀でていたことはよく知られているが、ローラもローズも始めから優れた力を発揮したわけではなかった。しかしローズはすぐその力量が認められ、また厳しい締め切りを必ず守ったため、仕事を始めて間もなく作家として自活できるようになった。それは、当時はもちろんのこと、今でもなかなか実現できることではない。ローラが物語作家として認知されるようになったのはそれよりもだいぶ後のこと、彼女が六十五歳の時に小さな家シリーズが出版され始めてからであった。

このシリーズがどのように編まれていったかについては詳細な記録が存在するが、この物語を当時のアメリカ西部について書かれた数ある作品の中でも類のないほど優れたものとしたのは、ローラとローズ、そのどちらの力に負うのか、それについてはさまざまに意見が分かれる。私としては、やはりそれは母ローラの宗教的信念や思想、そして詩人ヘンリー・ワッズワース・ロングフェローが言うところの「家庭を守る者の心に幸せは宿る」[15]という考え方、そして小さな家シリーズを優れた作品とするのに欠かせない、家庭で起こるささやかな出来事に対するローラの鋭い眼差しのゆえであったと思っている。ローラとローズの間でどのような母娘の葛藤が存在したのかはっきりとはわからないが、この物語が多くの人々の記憶に刻まれ愛されるようになったのは、それが母であるローラ自身の物語であったからであって、娘ローズの編集のおかげではないのだ。

いずれにせよ、ローラの作品は荒野で家庭を築く物語なのであり、厳しい自然そのものを描いた作品なのではない。たとえ自然がどれほど厳しいものであったとしても。そう、クリスチャンファミリーの価値観や考え方こそが、この本の中で圧倒的な輝きを放つのだと言えよう。本のどこを開いても、家庭の持つ神聖さを読み取ることができるのである。

それとは対照的に、ローズは、アメリカは独立独行の英雄の国であるという思いを強めていった。その思いを最初に表現したのが『大草原物語』という作品においてであったが、彼女が個人主義こそ最高の思想であるという信念を込めたのは、この作品だけではなかった。ホルツ博士は、『大草原の小さな町』に描かれている独立記念日の祝賀会についての記載は、すべてローズが考え出したものであると指摘する。物語の中で、七月四日に、一人の男性が立ち上がり「晴れがましい七月四日」を声高らかに称える。[16] 女性や子どもを殺し、インディアンたちに無防備な者たちを襲うようけしかけるイギリスのような暴君国家の圧政から、アメリカは自由になる、という偉業を成し遂げたのだ。

件《くだん》の男性はさらに言葉を続け、メキシコでアメリカ人が成した勇敢な行為の数々、ともすれば若い国を自在にあやつることもできたであろう専制国家への抵抗について語った。しかし彼のスピーチの一番のテーマは、真のアメリカ国民は常に自立し他者からの助けを必要としない、ということであった。我々アメリカ人は、高潔な国民であり、なんでも自分たちの力で行うのだ、と。

星条旗が風ではためく中、独立宣言が読み上げられる。幼いローラもキャリーもおそらく諳んじることができたであろう。そして最後には、「アーメン」と思わず口に出して言いたくなったにちがいない。

そして、おそらくこれはローズの助言によるものと思われるが、ローラは、物語の中でとうさんがアメリカ愛国歌の一つ「アメリカ」を歌い出し、他の人たちが一緒に声を合わせるという場面を描いている。ローラは歌い終わったあと、ある気づきを得、「アメリカ人は、地上のどんな王にも従わない。なぜならアメリカ人は自由だからだ。それは、自分の良心に従うということだ」と結論づける。[17] そして物語の別の段落において、自然法について触れ、それがアメリカ人にとってどのような意味を持つのかが記されている。

ホルツ博士は、これらの考えはすべてローズ自身が新しく会得したもので、当時急激に広まりつつあった政治思想に基づくものであり、ローラがもともと書いた文章ではないと述べている。当然のことながら意志強固なローラが娘の言いなりになったとも思えないので、きっと大筋では納得できる内容であったのだろう。そうでなければ、そのように文章を変えることを認めることはなかったはずである。ローラもローズも保守的な思想の持ち主であり、特にローラは、「神こそ、アメリカの王である」[18] という箇所に心からうなずいたにちがいない。

真の「開拓」とは?

ローズの影響を受けなかったとしたら、ローラの描く開拓者は、ローズのそれとはかなり違っていただろう。ローラの家族は、しばしば孤立した場所に住み、彼ら自身良い土地を手に入れるために奮闘しながらも、他の開拓者たちへの援助を惜しまなかった。それは「最も小さい者」を助けることを通してイエスに仕えるという教え(訳注・マタイの福音書二五章三五、三六節、四〇節)に従っていたからと思われる。たとえば、『シルバー・レイクの岸辺で』において、インガルス一家は、標識のない道を行く旅人を導くために窓辺にランプを置いた(これは事実であったようである)。ローラにとって英雄とは、他者と物資を分け合う人々、仲間の開拓者たちと手を取り合って助け合い、共に成功を目指す人々であった。開拓者は隣人の繁栄を願いつつ同時に自身も繁栄できると、ローラは信じていたのである。

ローラたちは草原での生活を通し、人格を持った神について学んだ。そう、ローラにとって神とは、単なる抽象的な力などではなく、常に臨在する聖霊なる神、「つらいこの世の岩、嵐のときのかくれが」(訳注・詩篇九四篇二二節、イザヤ書二五章四節、三二章二節をもとにバーノン・チャールズワースによって作られた賛美歌)であった。[19] 私たちの出合う苦しみには意味がある。人生の大切な教えは、避けて通ることのできない悲しみの経験を通して学ぶものなのだ。人格を持たない神が、彼らを草原へと追いやったのではない。彼ら自身が危険を承知で草原に住む道を選んだのだが、それでも彼らは神の慰めと助けを求めたのである。なぜなら開拓の仕事は、神の助けなしには背負いきれるものではなかったからだ。

『大草原の小さな町』には、ひとつの感動的なエピソードが記される。ローラは、そこで、盲目であることの苦しみを背負う姉のメアリーを通して、神に対する自らの信仰が深まったことを記している。

「メアリはいつだっていい子だった。ときどき、あんまりいい子なので、ローラはにくたらしく思うことさえあった。でも、今のメアリはちがうような気がする。いつか、ローラはメアリにそれをたずねたことがあった。

『ねえさんて、いつもいい子でいようとしていたわよね。そして、ほんとうにずっといい子だった。だから、ときどき、あたし、すごくいらいらして、たたいてやりたくなったの。でも今、ねえさんはそうしようとしないでも、いい子でいられるのね』

メアリはハッとして、足をとめた。

『やだ、ローラ、ひどい！　今でも、あたしをたたきたいと思う？』

『ううん、ぜんぜん』

ローラは心からいった。

『ほんとうにそう？　目が見えないから、あたしにやさしくしているだけなんじゃない?』

『ちがう! ほんとに正直いって、たたきたいなんて思わないわ、ねえさん。あたしね、ねえさんの目が見えないなんて、ほとんど考えたことがないの。あたしはね、あたしはただ、ねえさんの妹でよかったと思ってる。ねえさんみたいだったらいいのにと思うわ。とうていそうなれないだろうけど』ローラはため息をついた。『どうして、そんなにいい子でいられるのか、わからないわ』

『ほんとうはいい子なんかじゃないのよ』メアリがいった。『そうなりたいと努力しているだけ。でも、あたしだってときどき、すごく反抗的で、いじわるな気持ちになるのよ。それがあんたにわかったら、そして、あんたがあたしのほんとうの姿を見たら、あたしみたいになりたいなんて、思わないでしょうよ』

『ねえさんのほんとうの姿なら、見えるわよ』と、ローラはいいかえした。『いつだって、ちゃんと見えているもの。ねえさんはいつもすごくがまんづよくて、いじわるな気持ちなんて、ぜんぜんない』

『あんたがなぜあたしをたたきたいと思ったか、わかるわ。それはね、あたしが見せびらかしていたからよ。ほんとうはいい子でなんかいたくないのに、自分で自分に、いい子のところを見せびらかして、かっこをつけて、得意になっていたの。だから、あんたにたたかれても、当然だったのよ』

ローラはすっかり驚いてしまった。そのとたん、それをずっとまえから知っていたような気がした。でも、やっぱり、それはメアリの真実の姿ではない。

『ちがう、ちがう。ねえさんはそんなんじゃない。ねえさんはほんとうにいい子よ』

『あたしたちって、みんなどうしようもなく性悪で、悪になびきやすいものなのよ。「火の粉が舞いあがるように」とめようがないの』メアリが聖書の句を引用して、いった。『でも、それはどうしようもないことなのよ』

『なんですって!』

思わずローラは声をあげた。

『つまり、あたしたちは、自分についてあれこれ考えてもしかたがないんだと思うの、自分はいい人なのか、悪い人かなんてね』

『そんな! じゃ、何も考えずに、どうやっていい人になれるっていうの?』

ローラが問いつめる。

『わからないわ、あたしたちにはわからないんじゃないかしら』メアリも途方にくれている。『自分でも何をいいたいのかよくわからない。でもね、それは考えることじゃなくて、……そう、自然にわかることなの。神さまの恵みを信じるってことなの』

じっと立ちどまったまま、ローラは動かなかった。メアリも同じだった。自分の手を握っているローラが動かなければ、先へ進めないからだった。風にそよぐ緑の草と花がどこまでもつづく、大草原のただ中に立つメアリの頭上には、青い大空が広がり、白い雲がゆったりと流れていく。でも、それはメアリには見えないのだ。だれだって、神の恵みがすばらしいのは知っている。でも、ローラには、メアリがそれを特別なやり方で信じているような気がした[20]」

このエピソードに描かれたローラの思いは、純粋に彼女の心からわき出たものであったのだと私は確信している。神の偉大さ、神の善。ローラは、すべての作品や文章において、どれほどこのテーマにこだわり続けていることだろう。ローラは、自分が書くコラムの記事や物語の中で、聖書的な視点に繰り返し立ち戻るのだ。

一九二三年十一月のコラムの中で、ローラは次のように述べている。

「神から授けられる恩恵に感謝をささげることは、私たち人類にとって本能的なことのように思える[21]。……慈悲深い神はこの一年を通し、収穫のほかにも数え切れないほどの恵みを私たちに与えてくださった。神のこのような愛が世の中を親密にさせ、現在をはるか遠い過去と結びつけるのだ。

人類は行き先のわからない道をたどっているのではない。……へりくだった心で神が与えてくださった啓示、神の偉大さと善をより深く理解できることに感謝しようではないか」[22]

ローラは別の記事の中で、神の偉大さと善は日々の雑用の中にさえ見出すことができると述べている。なぜならば、「神に従う心で部屋の掃除をするならば、それは良き行いとなる」からである。このような考え方は、私たちが生きる今の時代においては古くさく感じられるかもしれない。今日の信仰書は「自分にとって益となる」かどうかに重きを置く聖書的原則を記していることが多く、互いに従い、仕え合い、互いの足を洗い合うことについては多くを語らないからである。

一九一九年一月、ローラが五十二歳（ほとんどの人はこの年齢に達すると信仰観が確立しているものだ）になろうとする頃に書かれたコラムに、彼女が霊性豊かな人であったことをうかがわせる一つのエピソードが記されている。記事の中でローラは、自分の不用意な態度によって、ある女性が気分を害してしまったのではないかと反省している。そのような思いを抱き、そしてそのことを公の場で述べていること自体、ローラが聖霊の促しに応えようとする信仰深い人であった証拠のように私には思えるのだ。

「G夫人と私は、ある親睦会で同じ女性グループにいたのだが、あまり共通した話題がないまま一緒に他の部屋へと移動している途中、別の知り合いが急いで近づいてきた。私はその人と挨拶を交わし会話を始め、G夫人は蚊帳の外に追いやられてしまった。私はついG夫人のことを忘れておしゃべりを続けてしまい、しばらくしてふと彼女のほうへ視線を向けると、なんとその人は知らぬ間に立ち去っていたのである。私たちは彼女に不親切な態度をとってしまったのだ。さらに悪いことに、彼女はその親睦会に来た人たちの中にあまり知り合いがいなかったのである。

それから数分後に皆が帰り始め、私は自分の失敗を償うチャンスを失ってしまった。失礼なことをしてしまったことを、その人に詫びることができなかった。……G夫人にふたたび会えるのは数か月先である。彼女はとても気持ちのデリケートな人であることを知っていたので、おそらく私のせいで傷ついてしまっただろうと思った。私は心を込めて、『愚か者の祈り』を祈った。

私の不器用でぎこちない両足はぬかるみにはまったまま、
たくさんの花々を踏みつぶしています。
善意とは言え、私はこの手を強く突き出し
友人の心の琴線をかき乱します。
主よ、この愚か者の私を哀れんでください。

私たちは齢《よわい》を重ね正しく物事を見極めることができるようになれば、先ほどのようなことが起きたとしてもなんとか解決されるものだと知るようになる。……私たちの失敗のほとんどは、悪意を持ってわざとなされるものではない。私たちは大抵の場合正しい心で物事を行うのだが、いかんせん頭が弱いために間違いを犯してしまうのだ[23]」

ローラは動物からでさえ、信仰的に学ぶことがあった。小さな家シリーズの物語にインガルス一家の飼い犬であるブルドッグ犬ジャックがたびたび登場するが、ジャックは常に、忠実また勇気とは何かを示す存在として描かれている。ジャックがとうとう死んでしまったとき、ローラはやがて天国でジャックに会えることを希望する。とうさんは、ジャックのような犬のためには、きっと「すばらしい猟場」のような場所があるにちがいないとローラに語る。[24]ローラの動物への愛情は生涯続き、飼い犬たちの心にも信仰的な思いがあることを信じ続けた。[25]友をよそ者と間違えてしまった犬には、そっと前足を差し出して謝る心があること、目が見えなくなってしまった犬には、「なぜ自分が？」と問いかける心があることをローラは信じていたのである。

ローラは、一時的なものと永遠なるものの間には密接なつながりがあると信じていた。すべての真理は、それが自然のうちに見出されるものであろうが聖書から得られるものであろうが、神の真理である。そして真理は、世代を超えて真理であり続けるのだ。第一次世界大戦の大量殺戮《さつりく》の後、キリスト教の価値観に疑問が投げかけられたとき、ローラは、一九一九年十二月発行のミズーリ・ルーラリスト紙に自らの信仰を擁護する記事を寄せている。「先だって起きてしまった出来事、そして今も起きている出来事のゆえに、キリスト教に対する批判がいたるところで散見される。『キリスト教文明は失敗であった』と言う者もいれば、『キリスト教はこれらの出来事を防ぐことができなかったのだから価値がない』と言う者もいる」[26]と。

しかしローラは、そもそも真のキリスト教の考えが国々のあいだで実践されることがなかったのだと主張する。キリスト教について知ってはいても実践する者がいなかった、なぜなら、それはとても難しいことと思われていたから。このたびの大規模な戦争という初めての挑戦を前に、私たちはキリストの教えに従うことを諦めるのではなく、むしろ徹底的に従うべきであったのだと。

ローラはさらに、もし私たちが真のキリスト教の教えを自分自身の生活に適用しないのであれば、信仰者がそれぞれに与えられた責任を放棄してしまうような無法者の集団から、真のキリスト教が現れ出るはずがなかろうと指摘する。ローラは、それゆえに私たちは「常に正しいことを行わなくてはならない」[27]と主張する。国全体を作り上げるのは国民一人ひとりであるように、社会の道徳心を形づくるのは社会を構成する一人ひとりの行動に他ならない。言い換えるならば、つまりは、正義を行え、そうすればその行いは思いもかけない方法であなたを祝福することとなる、ということなのである。

ローラは、一九一八年六月のミズーリ・ルーラリストに、ある地方弁護士が、「自分がしてほしいと思うことを人にもしなさい」という黄金律の教えを全うするため、ある案件の弁護を引き受けない決心をしたことを記し、称賛している。その弁護を引き受けることによって、双方の隣人に取り返しのつかない傷を与えてしまうとその弁護士は判断したのだった。彼は、誠実さは最良の策である以上に、誠実さこそが取るべき唯一の策であり、真に良い結果を生むことを示したのである。ローラの記事に登場するその弁護士の話は、先の件で彼の説得に応じ訴訟を取り下げたクライアントから別の仕事を紹介されるという結末で締めくくられる。このエピソードは、伝道者の書十一章一節「あなたのパンを水の上に投げよ。ずっと後《のち》の日になって、あなたはそれを見出す」の聖句が真実であることを示しているのだ。「もし『泥棒を捕まえてくれ！』と叫ぶ声がしても、私たちは皆、面倒なことに巻き込まれたくなくてじっとその場に立ちつくしてしまうにちがいない」[28]。ローラは、この記事の中でそうも述べている。しかし、たとえそうであったとしても、社会にキリストの教えが浸透しているのだから、私たちには正しい行いを選び取ることができるのだという希望を、ローラは捨てなかった。

別の記事の中で、ローラは近所に住む人々のあいだに生じたいさかいに触れ、箴言十五章一節「柔らかな答えは憤りを鎮め」るという聖句がそのまま実現したことを証言している。[29] 怒りをぶつけてきた相手に対し親切な言葉で返したことで、その怒りの行き場がなくなってしまったのである。怒った側はけんかを吹っかけるつもりでやってきたのだが、予想もしない反応に間の抜けた表情を浮かべたまま何も言えなくなってしまった。ローラは、その怒った女性がけんかを始めようとしたこと自体「まるで柔らかい羽毛の枕に拳を打ち込むことで、それを切り裂こうとしたようなものだった」と述べ、さらにこう続ける。

「この出来事に出合うまで、私は、『穏やかな返答は攻撃する者の怒りを鎮める』という言葉はただのことわざにすぎないと思っていたが、まるで矢が的を外すように怒りが行き場を無くすのを目の当たりにしたとき、穏やかな返答と礼儀正しい態度こそ、真に役立つ防御策であると理解するようになった」

私は、伝統的なキリスト教的倫理観、つまり父や母、家族、そして教会が古くから指し示してきた価値観こそが私たちを未来へと導くのだという考え方が、ローラの中に深く根付いていたように思うのである。

伝統的な価値観の薄いローズ

宗教が、特にアメリカの基本的信条や未来にどう影響を与えるかについてのローズの考え方は、ローラとまったく異なっていた。一九三三年三月二日のマンスフィールド・ミラー紙への記事の中で、ローズは次のように書き記している。

「宗教的信念の象徴そして信条さえも国や時代によって変化するのに対し、生命を持たない宇宙に挑む人の闘いはいつもどこにおいても不変なのである。私が、『大草原物語』の中でキャロラインとチャールズについて書いたとき、テーマとして扱ったのはけっして宗教的信念などではなく、もっと基本的な自然に対する闘いについてであった。実際、アメリカの開拓者たちは皆西部の地へと向かう中で、そのような闘いの中を通っていたのだ。

開拓者たちは、詩篇の作者のように正直に神に心のうちを打ち明け助けを求めるような人たちでもなければ、宗教的信条についてあれこれこだわって論争するような人たちでもなかった。……開拓生活を前進させた大多数の人々は、クエーカー教徒であり、ユニテリアン派の人々であり、組合教会の人たちであったことを忘れてはならない。彼らはできる限り宗教的信条や形式とは関わりなく生きた人々であった。勇気とは宗教を信じることによって与えられるものではなく、その人の性質に起因するのだ。**そして人は、課された試練に挑むに必要な勇気を備えている。**今日の私たちがこうして存在していること自体がその証拠なのである」[30]（太字筆者）

今日このような考え方を述べる作家がいれば、ほぼ確実に世俗主義者のレッテルを貼られるにちがいない。今ではむしろ、すべての存在の中心に神を据える伝統的な考え方よりも主流となる考え方であろう。しかしながら、第一次世界大戦直後のアメリカにおいては、ローズの物の見方は良くて少数派、悪く言えば異端的であった。

ローズとは対照的に、ローラはキリスト教信仰の影響を、取るに足らないどころか欠くべからざる重要なものとして捉えていた。勇気が人間の大切な特性であることを否定はしないものの、ローラは、それを宗教的影響と切り離して考えることはしなかったであろうし、社会に対するキリスト教信仰の影響はたいしたことがないなどという主張もしなかったにちがいない。バプテスト派、長老派、メソジスト派、カトリックの違いなどさして気に留めるほどでもないだろう。実はこれらキリスト教の主流派である人たちこそが西部に移り住み、開拓をしたのである（ユニテリアン派やクエーカー教徒は、ローズが主張するような影響を与えるには人数が少なすぎた）。宗教的な確信の有る無しが、この国の文化全体を形づくったのである。ギャラップ調査は常に、アメリカが他の西洋文化と比べはるかに宗教熱心な国であることを示してきた。これはローラが自分の書いた記事に示しているように、意識的な努力と伝道計画なくしては実現しなかったことだろう。

ママ・ベス、自分の思いを語る

一人ひとりの信仰が公衆道徳に与える影響の大切さは、特に人々の道徳心が著しく低下していた第一次世界大戦のさなかにあって、ローラの伝えたい重要なテーマであった。一九一八年八月にローラが書いた記事の内容は、おそらく彼女がごく幼い頃母親から教えられたことにちがいないと、私は確信している。

「先日、ある少年が、キリストのお名前を口にしながら悪態をつくのを聞いた私は、いつも以上に強いショックを受けた。私はちょうど、我が国の兵士たちが十字軍という呼び名で呼ばれ、まだ若い彼らが、義をもって悪に勝利しキリストの教えに基づいた考えや価値観を国の法律とするために、その身をささげているという記事を読んだばかりであった。

少年がキリストのお名前を口にしながら毒づくのを耳にしたとき、彼が、私たちのささげてきた多大な努力を軽視し、まことの主であり導き手である方の名前を軽く扱うことによって、我が国の勇敢なる兵士たちを公然と侮辱しているように感じたのであった。兵士たちが命をかけて守ろうとしているのは、まさにその方が授けてくださった教えだからである。少年はそんなふうにはまったく考えてなどいなかったにちがいない。彼は、悪態をつくことで、自分がまるで大胆で気の利いた大人になったように錯覚したのだろう。

悪態をつくという行為がまったく愚かなことであり、弱さの表れ、自制心の欠如を露呈するものであると受けとめず、勇気ある粋な行為だと思っているとしたら、この世の中はなんと正しさとは真逆の方向に進んでしまったのだろう。ただ突き指をしてしまったくらいのささいなことでイエスの名で悪態をつき、この宇宙の創造主であり支配者である方の怒りを招くという愚かな自分の姿に気づくならば、二度と軽々しくそのようなことをしないだろう。それは、パリを砲撃するのに使われた長距離砲ビッグバーサでハエを打ち落とそうとするくらい不釣り合いであり、愚かで無駄なことである。ささいでつまらないことが起こるたびに、いちいち力ある主の名を口にするとしたら（訳注・Oh, God! Jesus! など）人生における重大時に、私たちはいったいどなたの御名を呼び求めたらよいのだろう」[31]

カトリック教徒である作家のG・K・チェスタトンは、ある時こんなことを記している。「天使たちが空中を浮遊できるのは、自分のことを軽く考えうるからにほかならぬ[32]」と。同じようにローラも、自身の宗教的な考えをきちんと表明しつつも、自らの道徳観を軽く、控えめに表すのがベストであると思ったようである。

「ある時、私は友人からこう言われた。『あなたって気配りに富んでいて人とのつきあいがうまいわね』と。そして少し考え込んでから、『でも私、「気配り」と「策略」の違いがまったくわからないわ』と一言付け加えた。私がその二つに違いはないと言うと、彼女はさらに得意げにこう言った。『私はね、気配りのできない人間なの。思ったことをそのまま話すから』そしてこう続けたのだ。『私が思うに、スコットランド人はね、もっとも気配りのできる人たちよ。そして世界一策略家でもあるわ』

スコットランド人の血を引く私は、吹き出しそうになるのを必死にこらえ、少し経って気持ちが落ち着いたところでこう言った。『たしかにね。私もスコットランド人ですもの』すると彼女はしまったという顔で笑みを浮かべながら『私は気配りができないって、さっき言ったわよね』と言った。

人生における『気配り』とは、機械に差す潤滑油のようなものではないだろうか。潤滑油のおかげで車輪はなめらかに回っていくが、これがないと大きく軋《きし》み、故障する可能性もある」[33]

ローラはこのような考えを抱くとき、たびたび自分の娘のことを思い浮かべたのではないだろうか。ふたりの難しい関係をなめらかに回していくためには、かなりの気配りが必要であっただろう。ふたりが近くに住み、時には同じ家で作品作りをしていた一九二八年から一九三五年までのあいだは特に。[34] この間ローズはマンスフィールドに戻り、両親の家に移り住んだのである。

それは波乱に満ちた大変な日々であると同時に、多くの実りを得た日々でもあった。

第7章　「小さな家」を作り上げる

ロッキー・リッジにいらしてくださいな。
おいでを心待ちにしています。
いらしてくだされば愉快なひとときをお約束しますよ。
来る者拒まず去る者追わず、です。[1]

—ローラ・インガルス・ワイルダー—

実はローラ・インガルス・ワイルダーという人は、あるテーマや人物について自分の個人的な思いを公にすることを必要であるとも適切だとも思わない人だった。とりわけ、自身の信仰についてはもっともプライベートな事柄のひとつと捉え、その態度を貫いた。第一章でも触れたが、ローラは水曜日の晩に行われる祈祷会で、他人の信仰の証しを聞くことがあまり好きではなかった。[2] ローラにとって、それはまるで「プライバシーを侵害されたような気持ちになる」ことだったのだ。ローラは信仰について、ことさら声高に語ることはなかったが、伝えるべきときにはきちんと表明するという態度を貫いた。

それに対し、ローズは政治あるいは宗教についてであれ、また本作りに関することであれ、自らの考えを率直に述べる人であった。そのため、私は、ローラのキリスト教的世界観にあまり共感していなかったローズが、信仰に関するローラの記述を、自分の考えに合うよう整えた箇所があるいはあったのかもしれないと思っている。もしそうだとしたら、それがどんなふうに、またどうして起こりえたかを探るため、ローズの人となりや作家としての考え方について、これからしばらく見ていくことにしたい。

文章指導?

作家としてプロ意識の高かったローズは、母ローラもいつの日かきっと自分と同じようにプロの作家になれるのではないかという思いを抱いていた。しかしママ・ベスを大切に思うローズでも、文章の書き方に関する助言をローラにすんなり受け入れてもらうことができなかった。[3] ローラの文章が彼女から見ておよそプロの基準には達していないと思っても、母親に対して文章指導をするのは難しいと感じていたようだ。ローズは出版経験が豊富で、文章作りにかけてはベテランであった。そのため時々母の文章への取り組み方について、ひどく不満に感じることがあったのだ。ミズーリ・ルーラリスト紙がやがて十万部の売り上げを誇るようになっても、一コラムにつき数ドルにしかならないローラの収入では家計を支えることは難しかった。物書きとして成功するためには、ローラがミズーリ・ルーラリスト紙に寄せているような、しばしば教訓的な終わり方をする短い逸話的な記事ではなく、もっと長くシリーズものとして続く物語に取り組む必要があるとローズは感じていた。しかしママ・ベスは、ローズのアドバイスには関心を示さなかったようである。それに加え、世俗的な主義主張のほうが明らかに好まれ期待される市場に向けて、物を書いて収入を増やすことにも気が乗らなかったようだ。

ロッキー・リッジ周辺の土が痩せていたことが原因で、ローズが時折いらいらと感情を爆発させたのもなんとなく理解できる。おそらくローラの農場から得られる年間純益は、数百ドルにも満たなかっただろう。そのため、一九一九年にローラが「マッコールズ」の主要記事を担当した際、ローズは、物を書く仕事は家族を養うための副業として最適だと、ただちにアドバイスしたのである。

ローラの立場に立ってみれば、彼女なりにローズの要望に応えるよう精いっぱい努力したにちがいない。しかし、なかなかローズの希望どおりの文章を書くことは難しかったのだと思う。彼女の受けた限られた教育では、ローズの求める基準に達することはできなかったのだ。ローラは開拓地の学校で三学期間教師を務めたが、過去に通ったどの学校も実はきちんと卒業していないことを彼女自身認めている。教師となったのは、免許状が授与されたからであって、学位を得たからではないのだ。

ローズは一九二四年にマンスフィールドに戻った頃には、「サンセット」や「サタデー・イブニング・ポスト」といった雑誌に記事を書いており、一つの記事につき数百ドルの収入を得ていた。[4] 彼女が書いた短い物語『イノセンス（*Innocence*）』はオー・ヘンリー賞を受賞し、この本の売り上げだけで千五百ドルも手にしている。母と娘の絆はけっして完全なまでに固いとは言えず、またふたりのあいだに衝突が起きることもあったが、物語を作るという大切な働きを前に結束するのには十分であった。事実ローズは、ママ・ベスやオザークからいくらでも遠ざかっていることができたはずなのに、自分の仕事のため、あるいは小さな家シリーズの創作に貢献するため、たびたびマンスフィールドに戻り、母親のもとを訪れているのである。ふたりは最終的に、この物語を書き上げるという大切な使命を果たすべく、共に協力することにしたのであった。

サウスダコタ州立大学の歴史学の名誉教授ジョン・E・ミラー博士が『ローラ・インガルス・ワイルダー伝――大草原の小さな家が生まれるまで』を著したおかげで、ローラの作品のファンは、ローラとローズが共に小さな家シリーズを作り上げた、その一部始終を知ることができる。ミラー博士は本の中で、とうさんの思い出話などを含め、ローラのごくささいなアイディアの数々がどのようにして壮大な家族の冒険物語へとつながっていったのかを丁寧に説明している。博士は、一つひとつの物語がどのように発展していったかを記録し、ローズがローラから受け取った手書きの原稿を、文章を整えながらタイプライターに打ち直す作業をしたことで、物語を今私たちが読んでいるかたちに仕上げるのに大きく貢献したことを示している。

家庭の大切さを再確認するローズ

それでは次に、ローズがなぜ母親と共に仕事をしようと思うまでに気持ちが変化したのかを、彼女自身の言葉から探ってみたい。一九二五年五月付のミズーリ・ルーラリスト紙に、ローズは、母親であるローラを、共に働く同志として少しずつ受け入れるようになっていった心の変化を、時折ためらう気持ちを織り交ぜながら記している。

「〈私はふたたび農場に帰ってきた〉

かつての出来事を考えると、この決断は私にとってはちょっぴり皮肉なことかもしれない。というのも、私が町の生活に魅了されていた十五年前、両親はある方から町で生活しないかとの申し出を受けたからだ。条件も申し分なかった。農場での暮らしと同程度の生活が約束され、また将来の展望も明るかった［この【申し出】が具体的にはどのようなものであったのか、研究者のあいだでもわかっていない］。

私は、両親にぜひとも都会に移る決心をしてほしいと心から願った。二十歳をすぎていた私は、それだけですでに一人前の大人になったような気分でおり、さらに町で暮らした経験もあったため、自分が両親よりもはるかに賢い人間のように思っていたのだ。両親はとても愛すべき人たちであったけれど、私ほどの知識を持ち合わせていなかった。私は両親のこれからの人生を自分の手のうちに収め、かなり細かいところまで思いどおりに操作しようとした。しかし、私の計画の実現を阻止したのはなんと両親であった。ふたりは引っ越しする気などさらさらなかったのだ［ローズは最終的に両親にその家から引っ越してもらうことに成功するのだが、それも先の話であり、かなり苦労した末のことであった。両親が出た家にローズが住み、しばらくのあいだローラとアルマンゾはその近くの家に住んだのであった］。

母の最後の抵抗に激しく言い返す私に、母はこう言った。『どうしてそんなことしなくちゃならないのか、さっぱりわからないの。どうして町に引っ越して、またいつの日か農場に隠遁《いんとん》するために十五年も二十年も働いてお金を貯めなくてはならないの？　町の人が働くのは、そのためなんでしょう？　でもね、私たち、もうすでに農場を手に入れているのだし』

『ちがうわ、お母さん勘違いしてる』私はいらいらしながら口をはさんだ。『町の人はね、ずっと農場に住もうなんて考えないの。つまりね、別荘のような感覚で時々帰る田舎が欲しいだけなのよ』

『なるほどね』穏やかな口調で母が言う。『この農場だって、りっぱな田舎でしょう？私たち、あなたの言うとおりセントルイスに移って、十五年やそこら懸命に働いて、あなたが言う意味での「田舎」を手に入れることもできるけど、ここに留まって、このまま懸命に働きながら同時に田舎暮らしを楽しんで、最終的にここを我が家にすることだってできるのよ。つまり最後は同じ結末になるというわけね』……

成功とはいったいなんだろう。ものを創る喜び、それを承認してもらう喜び。私は本を書いてきたのだけど、父と母は農場を守ってきた。よく耕された約八十万平方メートルもの肥沃な土地、しっかりと垣根も張り巡らされ、多くの作物を実らせる農場。

両親は自らの手と頭を駆使し、痩せた丘陵斜面の土地、流水に浸食された小峡谷、サッサフラスがまだらに生えている土地から、ここまで農地を拡げたのだ。そしてこの家も自分たちで建て上げた。そう、スクリーンで囲った玄関、ベランダ、大きな石造りの暖炉、本で埋め尽くされた書棚、白いほうろう引きの台所、モダンな作りの浴室。この家は両親にとって夢の家であり、創造的な働きを重ねた末手に入れたものだ。そう、私の本のように。この家や農場から得られる喜びは、私が本作りを通して得られる喜びと同じなのだ。

そう考えると、母の言うとおり、結末は同じなのだ。結局こうして私はこの農場に戻り、これからここで、さまざまな楽しみ、喜び、人としての充足感あふれる日々を送ろうとしているのである[5]」

「どこにあろうと我が家が一番」そして「田舎の空気は人を回復させる」という言葉の意味を自身の身をもって示したローズは、二年間におよぶ鶏の世話とフリーランスの作家活動の後、一九二六年にはふたたびふらっと農場を離れ、ローズの友人でありスー・バートン看護師シリーズで有名な作家ヘレン・ボイルストンと共にパリへ出かけ、さらにはアルバニアまで足をのばした。[6]アルバニアでの冒険旅行は、ふたりにとって非常に楽しく思い出深いものであったようだ。ローズはこの旅行中にどこかの王子か高官から結婚を申し込まれたと、後にあちらこちらで吹聴していたようだが、その真偽のほどは疑わしい。旅の途中にママ・ベスに宛てて送られたローズの手紙は生き生きとしたものであったが、友人たちにはそろそろミズーリ州に帰る必要があると伝え始めていた。帰国しなければならない経済的な理由はなかったが、どうしても帰らなければとローズは思ったようだ。おそらくは深い、言葉には言い表せない感情的な部分で、ローズはローラを必要としたのではないかと思う。ローラにとってもローズが必要であったように。言うなれば、コンパスの針が常に星を指し続けるように、ローズは常にローラからの称賛を求め続けていたのである。

愛情あふれる娘

ローズはアルバニアで良い時を過ごしたようだが、滞在した期間は短かった。ローズはアルバニアの首都ティラナでたった二年間過ごした後ロッキー・リッジに戻ったのだが、どうもそのあいだに彼女の心境に変化が生じたようだ。つまり、ローズは自分の気持ちを正直に見つめ直したとき、オザークのような片田舎にふたたび埋もれてしまうのは嫌ではあるものの、そこではたしかに良い仕事をすることができていたわけだし、これからも仕事はし続けなくてはならないことに気づいたのだった。彼女の書く物語のほとんどは、その土地やそこに住む人々、そしてローラとアルマンゾの人生を題材にしていた。

ローズはまた、両親に対しても大きな責任を感じていた。それはまるで、雛鳥がそのひなを守ろうとするような、そんな思いにも似ていた。四十二歳にもなる世知に長けた娘の目に、両親の姿は救いがたいほどの世間知らずに映っていたのだろう。彼らの偏狭な考え方、融通の利かない性格は、ローズを心配にさせた。彼女には、ローラもアルマンゾも、せっかく得た報酬を自分たちの楽しみのために使えばよいものをせっせと節約に励み、退屈な人たちとばかり交際しているように見えたのである。

ロッキー・リッジでの楽しい日々

一九二八年、本来ならば四十二歳にもなるようないい大人のすることではないのだが、ローズ（と彼女の友人ヘレン・ボイルストン）は、両親のいる農場にふたたび戻り、それぞれ自分のやりたいことをしながら皆一緒に同じ屋根の下で住むことにしたのだった。ローラは、アルマンゾの農場経営を手伝いながら、自分の両親の思い出を文章にまとめ始めていた。ローズは新聞に記事を書き、ヘレンも自分の仕事に専念した。ローラもアルマンゾも、こんな狭苦しい家に若いふたりが居候を始めたことをいったいどう思っていたのだろう。

もちろん、この四人の生活を成り立たせるためには先立つものが必要であった。ローラとアルマンゾが家計についてどう思っていたかはっきりとはわかっていないが、ローズ自身は、両親には経済的な支えが必要だと考えきちんと援助をした。ローズは、折に触れ両親に五百ドルを渡していたのだが、次第に、両親（そして自分自身）の生活水準を上げるにはどうすべきか考え始めた。

株価の上昇が続くおかげで懐があたたかいこともあり、ローズは、両親のために家を建てることにした。ローズとアルマンゾは、そのような分不相応な贈り物はいらないと遠慮した。ふたりは、住み慣れた自分たちの家に心から満足していたのである。その家は、自分たちの土地に転がっていた材料を使い、自分たちの手で建てたものであった。親と子の立場が逆転してしまったことは、ローラたちにとって少々癪《しゃく》に障ることだったかもしれない。

両親にその気がないにもかかわらず、また突然起こった大恐慌のせいで貯蓄が減り始めてはいたのだが、ローズは両親のために家を建てることを断行した。最初二千ドルで建てる予定だったのが徐々にグレードアップし、結局一万一千ドルもするイギリス風建築の家が出来上がった。[7] それは、マンスフィールドにあるローラ・インガルス・ワイルダー記念館となって今日もその姿を見ることができる。

実際のところ、ローズの精力的な働きぶりには目を見張るものがあった。自分の才能に自信が持てないことに悩みつつも、ニュースキャスターとして著名なローウェル・トーマスの著書を何冊も代作し、フレデリック・オブライエンの小説、『南海の白影（*White Shadows in the South Seas*）』を完成させた。また、一九二五年から一九二八年のあいだに、『ヒー・ワズ・ア・マン（*He Was a Man*）』、『ヒル・ビリー（*Hill-Billy*）』、『ゴードン・ブレイク（*Gordon Blake*）』、『シンディー　オザークでのロマンス（*Cindy : A Romance of the Ozarks*）』等、自身の作品を何冊も生み出した。

両親の家に引っ越しをし、両親のために新しく家を建築し、自分自身の作品を次々と世に出し、さらにやがて小さな家シリーズへと完成する物語を母ローラが紡ぎ始める手助けをするなど、ローズがこれほどまでに多くのことを成し遂げたことは、当時の彼女の心の状態を考えると驚くべきことであった。実は、ローズが人生の大半において鬱と闘っていたことを、彼女の日記からうかがい知ることができる。しかし、鬱の状態が相当重い時期でさえ、ローズは非常に多くの仕事を成し遂げた。その頃の彼女の心は、ブルーというよりもさらにひどい、暗闇に近い状態であった。しかし、一九二八年から農場を完全に去る一九三五年までのあいだ、ローズはベストセラーとなる小説を書き上げ、サタデー・イブニング・ポスト誌をはじめとする人気誌に短編小説を数多く寄稿し、そしてもっとも注目すべきこととして、母の書くシリーズ作品の編集を手がけたのであった。その物語の第一作目（訳注・『大きな森の小さな家』）は一九三二年に出版された。

ローズは農場に住むあいだ、身近に自然を感じ、荒れ野や森から刺激を受けていた。彼女の創造する力はそのような環境の中でわき起こる自然への敬愛によって回復したのかもしれない。ローラは自然の恩恵を常に受けていたが、ローズにとっては、それは当たり前のことではなかった。小さな家シリーズの物語に、天気の移り変わりや自然の情景について見事なほど緻密な描写があるが、それはローズの作家としての優れた才能のなせるわざであった。ローズがミズーリ・ルーラリスト紙に書いた文章にも、それを見ることができる。

「今朝目覚めると、陽が昇っていないせいか辺りはまだ暗かった。暖かい毛布の隙間から腕を伸ばすと部屋の空気がひんやりと冷たい。ランプの灯りが下階段から廊下を伝い、扉を開け放した私の部屋をほのかに照らす。台所からは、あちらこちらへ移動する母の足音、かまどに薪を投げ込む音、カチャカチャとミルク桶がぶつかり合う音、そして台所の扉をバタンと閉じる音が聞こえてくる。エアデール・テリアの子犬、ネロが吠えながらミルク桶の周りをぐるぐると駆け回り、そのまま納屋に向かう。……ダイニングルームのヒーターの暖かい風が、配管を通って私の寝室に届く。私は部屋の吹き出し口から出る温風に身を寄せながら着替えた。浴室の給湯器が故障している。実は何か月も前から故障しており、今まで何度も町の配管工事屋とのあいだで、壊れた接続管を送ったり送られたりを繰り返している。近頃は、ちゃんとした職人仕事をしてもらうのもなかなか難しいことらしい。

階段を下りると、母が私のためにたらいに水を張り、ストーブで温めてくれていた。昨夜の寒さで窓ガラスを覆っていた霜が、部屋の暖かさで溶け始めている。……

この朝、私は朝食の準備を母に任せ、バケツを手に鶏小屋へとぼとぼと向かった。鶏小屋は暖かく、柔らかい羽毛がここかしこに舞っている。飼い葉桶に餌をすくい入れると白く湯気が立ち、それを見た鶏たちは止まり木からバタバタと羽をはためかせながらやってくる。……

『これってただの自己満足なのかもしれないわ』大きな幸福感に満たされ、その幸福感を何百羽もの鶏たちにもお裾分けしている自分に、そうつぶやく。

納屋の通路を通りながら家に向かう。通路の片側には畜房があり、ファニー、ケイト、そして優しい雄馬モーガンはふすまを食べ終えていたが、粉まみれの鼻先をまだ餌桶に突っ込んでいた。私が通りかかると、皆ひげ面を差し向けながらあいさつをしてくる。通路の反対側には牛の群れ。乳搾り用のエプロンに身を包んだ父がミルクの入った桶を持ち上げ吊り秤にかけている。……

『このジャージー牛は、今まで育ててきた中でもとびきり上等だな』父は、大工鉛筆で秤の数値をノートに書き込みながら言う。『向こう三十日間の乳の重さの合計が、こいつの体重と同じくらいになれればの話だがな』

父の眼差しや声色に、深い満足感が見て取れる。それは、たとえば私が自分の力の及ぶかぎり最高の作品を書き上げたときの、えも言われぬ思いと似ているかもしれない。それは創造する者としての充足感、最高の仕事を成し遂げた職人の喜びなのである。……

『そうさ、こいつはほんとに上出来だ！』父が牛の腹をぴしゃりとたたきながら言うと、大きな目をこちらに向け鼻先をぺろりとなめる牛の姿が、ランタンの光を受けて浮かび上がる。ネロが私たちの注意を引きたくてクンクン鼻を鳴らしている。私たちが足元に目を落とすと、撫《な》でてほしいのかしきりに前足を持ち上げている。人間に従うよう愛情をもってしつけていても、元気いっぱいの子犬にとっていつもいつもお行儀よくしているのは無理のようだ。……

納屋の外に出ると空はまだ灰色。家に向かって坂を上っていると、ショールで肩を包み台所の扉の前に立つ母の姿を見つけ驚く。『急いで!』母が呼びかける。『だんだん色が変わっていくの』

来た道を振り返ると、黒い納屋の背後にばら色に染まる空が広がっている。しかし、母が私に見せたかったのは空ではなく、朝が明けゆくにしたがい谷間に伸びる光影が少しずつ色を変化させていく景色であった。私たちが黙ってそれを眺めていると、空は次第にばら色から水色へ変わり、黄色い太陽が畑の向こうに姿を現した。新しい一日の始まりである。まるで初めて朝が明けたかのようなまっさらな、奇跡のような一日が始まったのだ。ピリッと冷たい風が西の方角に駆けてゆき、暖かい空気がふたりの立つこの場をしっかりと包みこんだ[8]」

一九三五年、ローズはふたたびロッキー・リッジを去る。ロッキー・リッジでの滞在は、母親の存在が常に身近にあるということもあって、ローズにとって大変生産的であると同時に気の重い日々でもあった。ローズは、大ベストセラーとなった『大草原物語』の執筆もしながら、ローラがそれ以前は考えてもみないほどの経済的自立を果たすのを助けた。しかし正直なところ、ローズはマンスフィールドの生活そのものに疲れてしまったのだ。

おそらくもっとも心に留めなくてはならないことは、ローズとローラが共に過ごしたこれらの日々が、どちらにとっても非常に生産的であったということだ。ふたりの頭上に暗雲がかかったとしても、必ずその隙間や周りから日の光が差し込んだ。なぜならこの時期こそ、ローラがローズの協力を得ながら、自らの開拓時代の思い出を書き起こしていたからだ。

以前『ローラの思い出（*I Remember Raura*）』を執筆した折、ローラが作家としての能力が不足しているにもかかわらず本を書こうと思い立ったのはなぜか、私はさまざまな人々（主にマンスフィールドの住民）へのインタビューの中で尋ねてみたことがあった。すると、多くの人たちが少しずつ表現の仕方は違えども同じことを語ったのだった。つまり、ローラ・ワイルダー夫人が自らの過去を文章に起こし、記録として後世に残そうとしたのは、彼女の頭にある記憶やとうさんの物語が失われてしまうことがとても残念で、恥ずべきことであるとすら感じていたからだと言うのだ。

もちろんローラは、開拓を経験した生存者は自分だけだと言いたかったわけではない。しかし、ローラは、自分が育った小さな家族は特別な存在であり、他者にとって励ましとなるような多くの経験を神から与えられたと常々感じていた。ローラが唯一気にしたのは、自分の身近にいる人たちがそのことをどう思っているか、そして彼らが他の人々も開拓時代について関心があると思っているか、ということであった。私がインタビューした人たちの話によると、皆例外なく彼女の問いにイエスと答え、ぜひ彼女の人生を物語にすべきだと勧めたそうである。また幸いなことに、必要な時はいつでもローズが傍らに控えていてくれたのであった。

六十三歳のローラを、遅咲きの作家として歩む決心をさせた一因に、自らの幼い日々に対する懐旧の念もあっただろう。彼女はよくミズーリ・ルーラリスト紙に（年齢的にさまざまなことから引退する時期を迎えていたこともあり、物語を書き始めた頃にはコラム執筆の仕事からは退いていた）、かつての幼い時代をバラ色のような幸せな日々として描いていた。ローラは、今や国が失いつつある美徳は、父母の信仰やその模範的な生き方に見出されると信じていた。また、はるか昔、人々は今よりも自らに備わった判断力や良識に従っていたと言えよう。当時、人々は政府の言うことを鵜呑《うの》みにすることもなかったし、靴の磨き方や穀物の種を植える時期などについても、ちゃんと自分の頭で考えて工夫をし、また知識を習得したものだった。
ローラの書き残した記事を読むと、農業を仕事として始めた人たちの多くは（少なくともオザークにおいては）友人からの助言を参考に、あとは試行錯誤しながら自力で道を切り拓いていった。ミズーリ・ルーラリスト紙のような農業新聞は、彼らのような人々のためにあった。ローラが鶏を上手に飼う秘訣を知っていたのも、彼女自身注意深く鶏を観察していたからであった。

ローラはルーラリスト紙に、昔の人々はどんなに困難な状況の中にあってもなんとか知恵を絞り、その時々の必要を満たすため、たとえばボタンと布と油とで簡易のランプを作ったり、あるいはコーヒーミルを使って小麦を砕いて粉にしたこと等を記しているが、そんな彼女の文章には、ある種の満足感を感じ取ることができる。そう、暮らしが今よりも簡素で、良い生活とはもっと単純で自然に寄り添うものであった古き良き時代を懐かしむ思いこそ、ローラが物語の制作に取り組む動機となったのである。

ローラの大切な親きょうだいは、キャリーとグレイス以外皆亡くなっていた。キャリーはサウスダコタ州ラシュモア山のふもとに、グレイスはデ・スメットにまだ住んでいた。ローラはこのふたりをひどく恋しがった。ローラが家庭の事情でデ・スメットに戻ることができたのは、一九〇二年、とうさんが死去した時の一度だけであった。
ローラが心から愛する人たちについて物語を書くためには、信仰と希望に輝き、どんなことでも実現可能と思えたあの子ども時代のことを思い起こす必要があった。そして、その時代、開拓を進めていた辺境の地で暮らす人々の心に、全知全能の神への深い信頼が息づいていたことも。

ローズも、自身も開拓者であるという自負を持ち、事実開拓者の娘であった。そのことは彼女にとって大きな誇りであった。ローズも、過去を掘り起こせばそこに何らかの美徳を見出すことができると感じていたようであるが、おそらく何か特定の宗教を肯定しようとしていたわけではなかっただろう。

ローズが思い描いていた開拓者とは、しっかりと自らの足で立ち、西部を目指して自分の運命を切り拓こうとする人々であった。ローズは、大胆で勇気あることこそ、人としてもっとも素晴らしい姿であり、また人としての自由を見出すことこそ称賛に価するのだという思いをますます強めていった。

しかし、ローズが欲しいのは「事実」であった。事実を手にしても自分の思いどおりに解釈するのがローズなのであるが、いずれにしてもローラと同じように事実を知りたかった。ローラに対しローズが大きく貢献したことの一つが、物語の詳細がはたして事実に基づいているか、とことんこだわったことであった。ローズは、しっかりと調査を行うようローラを励まし、ローラが自分の記憶に疑いがあるときはうやむやにせずとことん質問した。

たとえば、ローズは、イソガニは塩水でしか生きられず海の中でしか生息できないことを知っていたので、プラム・クリークにイソガニがいたというのはありえないのではないかと主張した。

また『長い冬』では、物語で描かれた十月から五月までのあいだ、インガルス一家だけで過ごしたように描かれているが、同じ家にもう一組の夫婦が共に暮らしていた事実を記したほうがよいのではないかと、ローズは意見した。

また、とうさんとかあさんがカンザス州の草原を開拓していた頃の様子を、その頃まだ二、三歳であったローラがはたして正しく覚えているか、ローズにはいささか疑わしく思えた。そこで、ローラとローズは、時には一緒に、時には別々に、カンザス州で一家が暮らしていた地域は実際にはどの辺りであったのか調査することにした。ローラは、それはフォートスコットの近くではないかと記憶していたが、調査の結果、実際に住んでいた場所は、そこから約百六十キロメートルも離れている可能性があることが判明した。事実を明らかにしなければならないと考えたローラとローズは、実際にその場所を探すために車で出かけることにした（なぜ地図で確認するに留めなかったのか、その理由はわからない）。この旅行を通し、ふたりは、タン（物語ではTanとあるが、正確な綴りはTann）医師について知ることができた。実際には、ローラはこの医師についてはとうさんから聞いていたと思われる。タン医師は黒人で、インガルス一家がそろってマラリヤを患ったとき治療に訪れ、一家を快復に導いた人物である。この出来事については『大草原の小さな家』に描かれている（訳注・『大草

恐縮ですが
切手を
おはり
ください

郵便はがき

〒164-0001
東京都中野区
中野 2-1-5

いのちのことば社
フォレストブックス 行

お名前

ご住所 〒

Tel.

男　女

年齢

ご職業

WEBからのご感想投稿はこちらから
https://www.wlpm.or.jp/pub/rd
新刊・イベント情報を受け取れる、
メールマガジンもございます。

愛読者カード

本書を何でお知りになりましたか？

1. □ 広告で（　　　　　　　　　　）
2. □ 書店で見て
3. □ ホームページで（サイト名　　　　　　）
4. □ SNSで（　　　　　　　　　　）
5. □ ちらし、パンフレットで
6. □ 友人、知人からきいて
7. □ 書評で（　　　　　　　　　　）
8. □ プレゼントされて
9. □ その他（　　　　　　　　　　）

今後、どのような本を読みたいと思いますか。

ありがとうございました。

書名

お買い上げの書店名

本書についてのご意見、ご感想、ご購入の動機

ご意見は小社ホームページ・各種広告媒体で匿名にて掲載させていただく場合があります。

ご記入いただきました情報は、貴重なご意見として、主に今後の出版計画の参考にさせていただきます。その他「いのちのことば社個人情報保護方針 https://www.wlpm.or.jp/about/privacy_p/」に基づく範囲内で、各案内の発送、匿名での広告掲載などに利用させていただくことがあります。

原の小さな家』十五章「おこり熱」)。

ローラもローズも、事実を明らかにすべきであるという点では考えが一致していたが、それを物語の中でどう扱うかについては意見のすり合わせが必要であった。事実を記すことで物語が素晴らしいものになる場合もあれば、かえって逆効果となる場合もあったからだ。

小さな家シリーズを、主人公であるローラの目を通して描くという手法を採る中で、物語の語り手をしっかりと務めるためには、ローラを実際よりも少なくとも二歳ほど年齢を上に設定する必要があることに、早い段階で気づいたのはローズであった。この編集上の決断、つまり語り手の年齢の変更は、物語を読みやすくしたという点で、大きく評価すべきことである。

もう一つ、編集上ローズが行った大きな、あるいは最大とも言うべき貢献は、ローラの時として貧弱な文章表現に、必要に応じて生き生きと印象的な描写を加え、物語に豊かな肉付けをしたことである。『大草原の小さな家』に、短い段落ではあるがローズの天才的とも言える表現が見られる。五章ではとうさんが小さな丸太小屋を建てる様子が描かれているが、ローズは、ローラが丸太の隙間から日が差し込むことに気づく場面を挿入している。

「そこでは何もかもが縞《しま》になっています。西がわの壁のすき間から、日光が縞になってはいってきていました。頭の上の屋根の骨組みの影が、縞になっておちています。

ローラの手にも腕にもはだしの足にも、日光と影とが縞をつくっていました。そして、丸太と丸太のすき間からは、縞になった大草原がローラに見えるのです」[9]

ローズはたびたび、このように作家としての手腕を発揮することによってローラを助けた。小さな家シリーズのファンである私たちも、たっぷりとその恩恵にあずかっているのである。

ダイナミックな共同執筆

情報収集を重ね、知り得た事実を踏まえるならば、あの世界恐慌の混乱期に、そして経済的にひっ迫する中、ローラとローズがどのようにして小さな家シリーズの制作を進めていったかについて、私はこう見ている。性格が合わず将来経済的に破綻するかもしれないという重圧もあって、ふたりのあいだに衝突や誤解が生じてしまうこともきっとあっただろう。しかしローラは、自身の人生を題材にし、まずはひとりで物語を紡ぐことを始めたのである。ローラは最初、自らの幼い頃の記憶やとうさんが語って聞かせてくれた懐かしい話などを、断片的に記録していたにすぎなかった。そしてそれらの話を寄せ集めたものが『大きな森の小さな家』という作品となって世に出たのである。

その最初の作品の完成に端を発し、ローラとローズはどのように物語をつなげていくかを考え始めた。ふたりとも良い作品を作ることに貪欲で、作品が売れて経済的な成功を手にしたい思いもあった。また、最初の作品に込めたメッセージ以上に、物語を通して伝えたいことがあった。そうして次に生まれた作品が、ニューヨーク州マローンを舞台に描いたアルマンゾの幼少期の物語であった。その後、三冊目が完成した頃には、ふたりは、この物語シリーズを、ローラが主張したであろう家庭の素晴らしさ、そしてローズが主張したであろう自立心の大切さを盛り込みつつ、すべての開拓者に敬意をささげる作品へと育て上げていったのである。

広い世界で豊富な経験を積み、作家として歩んできたローズが、西部開拓時代における社会全体の動きや、人々が自立したアメリカ国民へと成長していく過程を物語に盛り込む一方、ローラは、家庭生活の充実やキリスト教の価値観こそが社会を成り立たせるという考え方を物語で示したいという思いをしっかりとかなえた。ローラの信仰体験について余すところなく表現するために、小さな家シリーズの物語の中でどうしても神について触れなければならなかった。

たしかにローズの政治的、思想的な立場も物語の中に取り入れられてはいる。しかし、このように本作りがなされたと見るほうが、ローラの性格や、この物語が読者にとってどのような意味を持つようになったかを考えると合点がいく。ローラは物語を執筆するあいだに成長し、運命に抗って生きる人の姿を描きたいというローズの考えよりも、西部にまつわる自身の世界観をきちんと描き込んで自らの本を仕上げたのだとするパメラ・スミス・ヒル、ジョン・E・ミラー博士、ウィリアム・アンダーソンの説を私は採りたいと思う。[10] しかしながら、ローズが物語の本質的な部分を書き換えたとするウィリアム・ホルツ博士の説も完全には除外できない。

編集者として巧みな能力を有し、またローラにその手腕を認められ頼られていたローズは、はたしてこの開拓者家族の物語の根底にある信仰にかかわる本質部分を幾分でも薄めるようなことをしたのであろうか。たしかに、小さな家シリーズの物語を組み立てていく過程で、ふたりのあいだに意見の相違がたくさんあったのは事実であるが、最後に自分の意見を通し、自らの物語の方向付けをしたのは、ほとんど決まってママ・ベス、つまりローラであったと私は思っている。

ローズが行った大きな編集や書き換えについては、ローズが他の本に対しても行っていたようなごく標準的な編集範囲を超えたものではなかったとするヒルの主張は正しい。たしかに、最初に書いた原稿にほとんど手を加えられることもなく本にしてもらえる作家もいるにはいるが、さまざまな出版社に関わってきた私の経験から言うと、それはかなりまれなケースである。本として出版される前にこのように文章を徹底的に吟味されることのない作家がいたとしたら、大変驚くべきことである。修正の手を大幅に加えられる作家がほとんどなのだ。

ヒルは、ローズの編集がごく一般的なものであったことの証拠として、一九三一年に彼女が母ローラに宛てた手紙を引用している。[11] クノップ社の編集者であるマリオン・ファイアリーは、最初絵本というかたちで出してはどうかと提出された原稿に大きな変更を加えることを望んだ。ファイアリーは絵本にする話はきっぱりと退け、物語を長くし語り手を第三人称にすることを提案したのだった。ローズは、ファイアリーのこの提案理由を母ローラに説明する際、「語り手が一人称の物語は売れないから」と伝えた。

ローズは、このような変更を加えればローラが困惑してしまうことがわかっていたので、もし本の語り手を第三人称にすることに気が進まないのであれば、そのまま一人称の物語にし、文法的な間違いだけ自分が修正すると母に約束した。ファイアリーは結果的にこの小さな家シリーズに関わることはなかったのだが、彼女の提案のおかげで、子ども向けのせりふのやりとりで話が進行する絵本シリーズではなく、しっかりと中身の充実した物語が何冊も誕生することとなった。絵本として出されていたら、おそらくここまで人々の記憶に留まる名作とはなっていなかったのではないだろうか。

本作りは、複数の人の共同作業のもとに行われるのが普通であって、例外的なことではない。小さな家シリーズについても、編集上のローズの関与はその普通の範疇《はんちゅう》をけっして超えてはいない。

最終的にローラとローズは、世界恐慌もまた本作りも、共に乗り越え克服することができた。表面的には意見が食い違い衝突もしたが、やがてふたりのあいだに深い一致が生まれたのである。最初はばらばらであったいくつもの声がやがて一つにまとまり、小さな家シリーズが完成した。そう、その声こそ、草原に吹く激しい風に向かって平和を説くように奏でられるとうさんのバイオリンの音色であったのだ。

第8章　夜に歌う

私は道ばたに咲いたヒマワリを摘み、黄金色をしたその花の中央をのぞき込みながら、急に望郷の念にかられ思わず涙しそうになった。母の優しい声、その静かで凛《りん》とした佇《たたず》まいに触れたいと願い、また父が奏でる陽気な歌の数々に耳を傾け、そのきらきらと輝く青い目を見たいと思った。[1]

――ローラ・インガルス・ワイルダー

とうさんのバイオリンが陽気な歌を何曲も奏で、草原に住む小さな家族の心に大きな励ましを与えたことはよく知られている。今は電化製品のボタンを一つ押せば娯楽がすぐに手に入るが、それ以前の時代には、よく家族みんなで歌に興じたものだった。インガルス一家においては、「アーカンソーの旅人」、「ジンクス隊長」、「おおスザンナ」のようなユーモラスな曲が、とうさんのワンマンバンドによる伴奏付きでよく歌われた。[2] 一家は、数えきれないほどたくさんの歌を歌い、大いに楽しんだ。

しかしながら、とうさんのレパートリーの中でもやはり印象深いのは、家族（もちろんローラもその一員であった）で共に歌った賛美歌の数々である。小さな家シリーズにおいて、ローラは、草原における過酷な生活、特に寒さの厳しい冬のあいだ家族を支えるには、ただ楽しく陽気な歌だけでは不十分であったことをはっきりと示している。西部へ移動する間に辛い出来事が次々と襲う中、インガルス一家が希望と信仰を保ち続けるには、単なる楽しいメロディー以上の何か、彼らにとって大きな励ましとなるものが必要だったのである。

実際ローラは、一家が移動する先々で家族を支え励ますためにとうさんが奏でた賛美歌や聖歌を、物語の中に繰り返し登場させている。少なくともその曲数は三十にも及ぶ。賛美歌集に載っている曲もあれば、一家がどこかで耳にし記憶していたものもあった。当時賛美歌集は値段が高く、手に入れることが難しかったからである。ジョセフ・ホプキンソンが作詞した「コロンビア万歳（Hail, Columbia）」のような愛国唱歌も公民道徳を教えるため、賛美歌のように扱われることがあった。

いざ立てよ。神の兵。

使命に燃ゆる勇者、汝《なれ》。
かたき団結まもりつつ、
行かん自由の旗のもと、
平和、平安かちとらん[3]

「コロンビア万歳」は特段信仰に根ざした歌ではないのだが、当時賛美歌集の多くに掲載されていた。この愛国唱歌は、我が国を「丘の上の町」（訳注・エルサレムのこと）へと築こうとしている勇気ある人々には「将来と希望を与える」[4]と歌っている。「丘の上の町」という言葉は、マサチューセッツ湾植民地知事であったジョン・ウィンスロップが、一六三〇年に、マサチューセッツ湾植民地について語った「キリスト教愛のモデル」という説教の中に出てくる。

新天地を目指し厳しい自然と闘っていたインガルス一家とワイルダー兄弟にとっては特に、自分たちの前に将来と希望があるのだという信念を持つ必要があった。国を築き上げるためには、心を鼓舞する言葉、長きにわたる献身、そして信仰にしっかり根ざした賛美歌が必要であった。彼らは、開拓者としての輝かしい夢の実現を信じて歩んでいた。

インガルス家もワイルダー家も、おそらくミネソタ州を終《つい》の住処としたかったのだろう。ミネソタ州は、定期的に雨が降る回数が、わずかではあったがデ・スメットよりも多かったからだ。しかしながら、一八七〇年代後半にイナゴ襲来事件が起きたことにより、インガルス一家は結果的に、住むのにさらに困難な地域への移動を余儀なくされてしまったのである。裕福な家庭に育ち成功を収めていたアルマンゾでさえ、同じく西へと移動した。アルマンゾは、父親の農地近くにあるミネソタ州スプリング・バレーに土地を見つけることもできたのだが、それよりも安く手に入る土地を求めて移動したのである。当時の開拓者たちは、老いも若きも、その先に何が待ち受けているか想像だにしなかった。私たちもそうではないだろうか。時代を経た今、私たちの未来に待ち受ける困難は当時にまさって大きいと言える。

歌は旅路に夢を与える

実際、私たちが人生において厳しい試練に直面し希望が揺らぎそうになるとき、天、そして全能の神との交わりが何よりも大切になってくる。新しい夜明けの約束は、地平線を越えて訪れる嵐を予言するにすぎないかもしれないことを私たちは悟る。そこで、インガルス一家やアルマンゾにとって、どんな賛美歌が慰めや励ましとなり、あの「丘の上の町」シオンの賛歌となったのかをこれから探っていくことにしたい。

幸いなことに、ローラに多大な影響を与えた賛美歌が多く掲載されている賛美歌集が特定できているおかげで、彼女の信仰的な背景を理解することができる。それは『ピュア・ゴールド・フォー・ザ・サンデー・スクール（*Pure Gold for the Sunday School*）』と呼ばれ、一八七一年に初版本が出されている。一九四〇年八月にキャリー・インガルスは、ローラに宛てて書いた手紙の中でこの賛美歌集について親しみを込めて記している。それがキャリー所有のものであり、おそらくとうさん、かあさんから譲り受けたものであることをうかがわせる内容となっている。（『ピュア・ゴールド……』に収められている賛美歌十八番は、『大草原の小さな町』〈訳注・十九章「めくるめく愉快な日々」〉に登場する）

ビッグロー・アンド・メイン社から出版されたこの賛美歌集は、ロバート・ロウリー、とW・ハワード・ドーンによって編纂された。この二人は、主イエスのために働くことは何にもまさる喜びと信じていた。ロウリーは、きっと説教者として知られるほうを好んだであろうが、今や五百もの賛美歌の作者として有名である。ハワード・ドーンは、三十四歳で父親の会社を引き継ぎ社長に就任するが、仕事と同様に音楽に対しても精力を注いだ。ドーンは作曲家として天才的な力を発揮し、盲目の作詞家ファニー・クロスビーと組んで、ローラの生きていた時代に有名となった多くの賛美歌を生み出した。『ピュア・ゴールド……』にある賛美歌は、今日使われている数々の賛美歌集に未だ数多く掲載されている。

「千歳の岩よ」、「おどろくばかりの」、「リバイブ・アス・アゲイン（Revive Us Again）」、「この世の旅路に」、「神はわがやぐら」、「しずけきいのりの」、「つみの淵《ふち》におちいりて」、「主われを愛す」、「イエス君の御名は」、「牧主《かいぬし》わが主よ」、「まもなくかなたの」、「ユビラーテ・デーオ（神を喜びたたえよ）」、「きょうまでまもられ」などはすべて、今日の賛美歌集にも掲載されている。これらの賛美歌は、当時のインガルス一家の価値観に深い影響を与えた。私たちは、毎週のように牧師の説教に耳を傾けるが、繰り返し歌う賛美歌ほどには心に残らないというのが正直なところではないだろうか。

メロディー、リズム、そして韻を踏んだ表現などが一体となり、賛美歌の歌詞はしっかりと私たちの頭に刻まれるのである。

主の臨在を示す賛美歌

暗い雲が空を覆い
地に影を落としても
輝く光が私の道を照らす
主イエスが私の手を取り、導かれるから[6]

これは『ピュア・ゴールド……』にある賛美歌の一節である。『ピュア・ゴールド……』に収められている数々の賛美歌は、まさにこの歌詞に書かれた約束を私たちに確証している。当時の開拓者たちは、どんな状況に置かれても、そして理由が示されていなくとも、神が共にいるならば耐えることができると信じていた。そう、ウィリアム・クーパーが作詞した賛美歌にあるように、（神は）「不思議な方法で動き、不思議を行う」[7]と信じて。実際にイエスの御手が働いていたのかもしれないし、あるいはただ臨在を聴き手に示すだけであったのかもしれないが、賛美歌の根底にあるのは、神共にいますという圧倒的な臨在意識であった。人生において未知なるものを目の前にすると、私たちは冒険心が掻き立てられることもあるが、ほとんどの場合、心配し、慎重になり、恐れを抱いてしまう。独立心、自立心というものがあるだろうと指摘する向きもあろうが、そんなものに完全に頼れるほど私たちは強くない。私たちにはやはり神の存在が必要なのだ。

ジョン・バニヤン著『天路歴程』の主人公であるクリスチャンは、その旅の始めに十字架によって罪の重荷がすべて取り去られる。しかし、巡礼者であるクリスチャンは、その後も天の都を目指して旅を続けなくてはならず、その途中、偽善者、無神者、破壊者アポルオン、異教徒、饒舌《じょうぜつ》氏、虚栄の市等と、次々に出会うことになる（ジョン・バニヤンが「ヴァニティ・フェア」〈訳注・「虚栄の市」という意味〉などという名の雑誌の存在を知ったらなんと思ったか、想像するだけで恐ろしい！）

インガルス一家は、クリスチャンの置かれる状況をよく理解していただろう。当時アメリカでは、『天路歴程』は聖書に次いでよく読まれていたため、インガルス一家もこの本を読んでいたにちがいないのだ。しかしながら、それでも、彼らにとって一つわからないことがあったのだろう。どうしたら、イエスの手を取って共に歩み続けることができるだろうか、クリスチャンとしての旅路の最初から最後まで、神と共にいるとは、どういうことなのだろうか、と。

新しい歌

インガルス一家にとってもっとも大切なことは、イエス・キリストを通して神と個人的な関係を築くことであったと私は思う。これは、当時の主な信仰復興論者や伝道者たちが、イエス・キリストを信ずる者であれば誰でも可能であると信じ、説教で語っていたことであった。[8] この考え方は、それ以前の時代の説教者たちが語ってきたことと大きく異なっていた。以前の説教は、神が愛をもって私たちに個人的に関わるということよりも、神とはいったいどのような存在かという点に重きが置かれていた。神は罪人にも聖人にも怒っているというのが彼らの主張するところであった。罪人には、彼らが罪人であることに対して。聖人には、彼らが聖さにおいて不十分であることに対して。

アメリカにおけるプロテスタント教会の大覚醒が一七五〇年代に活躍した神学者ジョナサン・エドワーズによってもたらされたとするなら、第二の大覚醒はD・L・ムーディーの働きによって興されたと言ってよいだろう。ムーディーは、南北戦争の開始直前に巡回伝道者となり、十九世紀終わり頃までその働きを続けた。

ムーディーは元々ビジネスマンであったが、やがて信徒伝道者となり、YMCAシカゴ支部の働きを指揮した。ムーディーが巡回伝道に出かけて教会に不在のときは、他の伝道者が説教した。ある日、イギリス出身のヘンリー・ムーアハウスという名の若者がやってきて説教を申し出た。ムーアハウスは、それ以前に、ぜひ自分に説教をさせてほしいと手紙でムーディーに頼んできたことがあった。ムーアハウスとの接触はその手紙を通してのみであったためムーディーはどうしたものかと迷ったが、次の集会では他の予定が入り説教を担当できないこともあり、長老たちの判断に従いムーアハウスの申し出を受け入れることにした。

ムーアハウスは、それまで信じられてきたこととは正反対のことを語った。つまり、神は罪人を憎むどころか愛しているというのである。妻のエマからそのことを聞かされたムーディーは、「彼は間違っている」と答えたという。しかし次の日曜日、ムーディーは、ムーアハウスがヨハネの福音書三章十六節「神は、実に、そのひとり子をお与えになったほどに世を愛された。それは御子を信じる者が、一人として滅びることなく、永遠のいのちを持つためである」の聖句から説教を語るのを自身の耳で聞いた。ムーディーは、後に、ムーアハウスが「創世記から黙示録に至るまですべての書からみことばを引用し、神が罪人を愛しておられることを語った。彼が語り終えるまでに、私の準備していた説教のいくつかが無駄になったことを悟ったのだった」と述べている。

ムーディーは、「彼の話を聞くまで、神が私たちをこれほどまでに愛しているということをまったく知らなかった」と認めている。[9]第二の大覚醒が徐々に実現しつつあった。第二の大覚醒のおかげで、私たちは、「主イエスが私の手を取り、導かれる」ことを知ることができたのである。

約束の歌

一八七六年、イナゴが大発生した凶作年に、フレディー・インガルスが亡くなった。とうさんとかあさんの一人息子であったフレディーは生まれた時から身体が弱く、一歳の誕生日を迎えることなくこの世を去った。インガルス家にとって息子を失うということは、父親を手伝って牛に餌をやり畑を耕す元気な働き手の存在を、諦めるということであった。

その次に訪れた凶作年には、なんとメアリーが病の末失明してしまった。その頃、フレディーのために費やした治療費がかさみ、一家の財政状況はひっ迫していた。メアリーが病を得たのは一八七九年であり、メアリーの治療費のため、一家の経済的負担はさらに増した。『シルバー・レイクの岸辺で』に描かれた頃のインガルス一家は、自分たちが呪われているのではないかと思っても不思議ではない状況にあったのだろうが、実際には、メアリーは一言も不満を口にすることはなく、一家はよく歌い、未来に希望を抱いていた。彼らを励ましていた賛美歌の一つに、ロバート・ローリー作「神の御山」がある。

輝く日は明け、
よき日はきたれり。
世界は目ざめぬ、
黄金《おうごん》の暁《あかつき》に。
あらゆる国びと集いきたる、
神の御山へのぼらんと。
（おりかえし）
神は教えたもう、神の道を、
その御《み》跡《あと》を歩まん、いざもろびと

「輝く日」が明けるまでには、長い間待たなくてはならないこともあるが、しかし、インガルス一家は、アメリカを「丘の上の町」に作り上げるという大きな夢に向かう聖徒の一員としての思いを持ち続けていたのである。

「神の御山」の賛美歌の歌詞は、旧約聖書（イザヤ書二章二、三節）に基づいて作られているが、おそらくインガルス一家は、自分たちの労苦や努力はこの大草原に神の御国をもたらすためであるのだと思っていたのだろう。フレディーの死は悲しい出来事であったが、それはけっして彼らに対する神の裁きではなかった。メアリーの失明は試練ではあったが、それで希望が潰《つい》えたわけではなかった。「黄金の暁に世界は目ざめ」るのだが、そのように受けとめるには、時には信仰の目を通して見る必要がある。

古い賛美歌から教えられるのは、神の平安を得るためには必ずしも神の成すことを理解できなくてもよいということである。希望は、将来必ず良い方向へ導かれるという信仰からくるのである。その将来とは（この地上の先にある）天を指すこともあるのだが。

音楽史家、デール・コックレル博士によれば、アンドリュー・ヤング作「あまつみくには」（訳注・日本では『讃美歌』四九〇番として収録）はかあさんのお気に入りの賛美歌であった。[11]『大草原の小さな家』、『プラム・クリークの土手で』、そして『シルバー・レイクの岸辺で』には、ローラが、姉妹たちと共にこの賛美歌を歌う場面がたびたび登場する。

はるかかなた、遠い地に、
しあわせの国、あるという。
聖者はみな栄光に満ち、
日光のごとかがやきたまうとか。[12]

しあわせの国では

みなの目は喜びに輝き
御父の手に守られ
愛は絶えることがない
栄光は駆け巡り
冠を授かり御国を勝ち取った聖徒たちは
日の光よりも輝くその地を
永遠に治めるのだ

このような視点に立つと、開拓するとはどういうことなのか、その意味ががらりと変わってくるのではないだろうか。開拓者とは、ある歴史家たちが言うように、未踏の楽園を搾取する者ではなく、未踏の地に神の御国をもたらすという明確なビジョンを持った人たちであった。彼らのように、大きな困難に立ち向かい最後まで働きを成した者たちへは、冠と栄光という豊かな報いが与えられるのである。

インガルス一家が口ずさむ賛美の言葉は、神のために苦しむゆえに尊いとされる者たちの賛美と重なる。彼らは単なる個人的な利益に重きを置いていなかった。とうさんにとっては、裕福になるよりも開拓者としてふさわしくあることのほうが大切であった。ローラとアルマンゾも、西部においても、またオザークにおいてさえも、少なくとも農場経営という点ではさほど成功したわけではなかった。しかし、ふたりとも、いつの日か報いが与えられると信じていた。人はこの地上で理想郷を築くことを目指して働きつつ、たとえそれがかなわなくとも、後の世でしか与えられない真の幸福があると信じることができるのだ。ローラは、開拓者としての暮らしを日々楽しみながらも、このことをいつも心に留めていたのだろう。

働くときも、余暇でも歌った黒人霊歌

それいけ　トロッコ　どんどんころがれ
それいけ　トロッコ　どんどんころがれ
それいけ　トロッコ　どんどんころがれ
ぜったい　おくれて　なるもんか！……

十四万四千の仲間に加わるぞ
ぜったい　おくれて　なるもんか[13]

この歌は、一八八〇年から八一年にかけての長い冬、とうさんが他の数人の仲間たちと共に、サウスダコタ州のヴォルガに向かった時に歌われたものである（訳注・『長い冬』十一章「とうさん、ヴォルガへ行く」参照)。ほとんどの地域で黒人霊歌として親しまれているこの「トロッコころがれ」という歌は、労働歌として、西部に住む人々によく歌われていたのだろう。人々はつるはしを振り下ろし、シャベルで土を掘り起こしながら、そしてとうさんたちの場合、線路の先で働く人たちのもとへトロッコを運ぶため、ハンドルを上下に動かしながら、リズムに乗って元気よくこの歌を歌っていたのだ。デ・スメットに住む人々に必要な食糧その他日用品は、東部から列車に乗せて運ばれたのである。

この歌の歌詞に「十四万四千の仲間に加わるぞ」とあるのは、聖書のヨハネの黙示録の記事に由来する。神に従うこれら十四万四千人は、「大きな患難」を通り、その衣を「子羊の血で白く」された者たちであった(ヨハネの黙示録七章四節、一四節参照)。もちろん、この歌を歌っていた町の衆たちは、自分たちがこの預言の成就の実であるなどとはゆめゆめ思っていなかったであろうが。

しかしながら大多数の人たちは、自分たちが何らかのかたちで来たるべき神の千年王国をもたらすのだという思いを持って、草原に移り住んだのだろう。もちろんローラの物語にはそのような記述は見られない。むしろ男たちが団結してトロッコをヴォルガに向かって押し続けた大きな理由は、ひとまず雪で立ち往生してしまっている列車をなんとか急いで動かしたかったからなのだろう。

当時教会で歌われていた黒人霊歌は、今日私たちが教会で歌うプレイズソングのような役割を果たしていたのだろう。「主をたたえよ。我がたましいよ、主をたたえよ。我がたましいよ、主の聖名をほめたたえよ」というような歌詞の繰り返しに、さほど重要な神学的意味はないのだが、そのような言葉を繰り返すことによって、感謝の思いがわき起こってくるのである。今日の教会においてプレイズソングを好む人々と古い賛美歌を好む人々のあいだにあるような対立は、今に限らず昔もあったのではないかと思う。かつて、教会において詩篇の言葉だけが歌われていた時代もあったが、その後、マルチン・ルターが宗教改革を起こし、さまざまな音楽を賛美に用い始めた時にも、そのような対立があった。[14]

今日の感覚では、「神はわがやぐら」はいささか堅苦しく、またテンポもゆっくりすぎるように思われるが、この賛美歌をルターが作曲した当時は、革新的と評されたのである。驚くことに、この賛美歌は今や多くの賛美歌集に収められているが、「トロッコころがれ」は、黒人霊歌のみ収めた賛美歌集にしか見ることができない。多くのプレイズソングは、それで育った世代にしか受け入れられないようだ。

ローラは、たとえどんな歌であれ、楽しんで歌っていたようだ。彼女はけっして批評家などではなかった。

頭を養う賛美歌、心を養う賛美歌

感情豊かで、思慮深いクリスチャンとなるために、心のためにはプレイズソング、頭のためには賛美歌が必要だと言う人がいる。たしかに健全な信仰を保つためには、心と頭のどちらも大切である。『ピュア・ゴールド……』には「トロッコころがれ」は収められていないが、「主われを愛す」という小さな曲が掲載されている。

主は私を愛していてくださる
そう聖書が教えている[15]

この曲は、頭と心のどちらの養いにもなり、昔と同様、今も大変愛されている。実際のところ、ほとんどの人がこれを賛美歌として認めている。

インガルス一家のたましいを養ってきたのは、前述のとおり、小さな家シリーズにも登場する「千歳の岩よ」、「しずけきいのりの」、「きょうまでまもられ」、「リバイブ・アス・アゲイン」他、たくさんの賛美歌であり、彼らにとってお気に入りの歌であった。これらの賛美歌にはきちんと聖書の教えが表現されている。

オーガスタス・トップレディー作「千歳の岩よ[16]」は、神は私たちが危機に直面するときに隠れることのできる岩の裂け目であるのみならず、私たちのたましいをきよめる存在として描かれている。イエスの「裂かれし脇」から流れ出る「血しおと水」は、私たちの「罪もけがれも洗いきよめ」る。つまり、イエスを信ずる者は、永遠の罪からも救われ、日々犯す罪からもきよめられるのだ。私たちのうちにある「もゆる心」も「たぎつ涙」も「罪をあがなう力」はない。そして歌詞にあるように、「十字架の外《ほか》に」救いを得ることはできない。神は、自ら手を差し伸べ、動く存在である。イエスは、開拓者にとって、たしかな避難所、そして自分から進んで愛する者を守ろうとする存在なのである。

「ビー・スティル・アンド・ノウ（Be Still and Know）」や「しずけきいのりの」（訳注・『讃美歌』三一〇番、『讃美歌21』四九五番）のような、神の不思議あるいは神の隠された意思について歌った賛美歌においても、神は、私たちを「なやみある世より」救い出す存在であることを示すと同時に、そのような「なやみある世」にあっても、私たちが果たすべき役割があることを示唆している。私たちは、単に助けを願い求める（wish for）のではなく、私たちに必要な力を与えてくださるよう呼び求める（call upon）ことをしなければならない。神に呼び求めること自体、「主のわざ」の一つなのである（コリント人への手紙第一 一五章五八節）。

ローラやインガルス家の人々は、神に助けと守りを求めて祈るとき、自分たちが、目の前にある窮地から逃避しているのではなく、進んで解決に取り組もうとする現実主義者であることを認識していた。「しずけきいのりの」の作者であるウィリアム・ウォルフォードは、その歌詞の中で、主の再臨を心から待ち望む（訳注・「with strong desires for thy return」この歌詞は日本語の賛美歌には訳出されていない）私たちに、この世において積極的に自らの務めを果たすよう促している。ウォルフォード、そして神に信頼を置いていた開拓者たちにとって、祈りそのものが信仰のわざであった。信仰者は、神の祝福を祈り求めることを通し、神に従う姿勢を表明したのである（マタイの福音書七章七、八節参照。使徒たちは、「求めなさい」、「探しなさい」、「たたきなさい」と命じられ、そうすれば「受け」、「見出し」、「開かれる」と約束されている）。

静まって神が神であることを知る（訳注・詩篇四六章一〇節〈口語訳〉）という姿勢を保ちつつ、同時に神は「ご自分を求める者には報いてくださる方であること」（ヘブル人への手紙一一章六節）を信じて熱心に祈り求めることは、いつの時代においてもクリスチャンにとって難しいことであった。私たちよりも前の時代に生きていた人々も、「神は自らを助ける者を助ける」（この言葉はベンジャミン・フランクリンが広めたとされる）とつい漏らしたくなることもあったのだろうが、彼らがその言葉を口にするとき、本当は「神は、神の助けを特に必要とする者を助ける」のだと言いたかったにちがいない。完全に自足できている者は、そもそも自分に助けが必要だという考えすら思い浮かばないからだ。

インガルス一家はそのような心の葛藤とは無縁であった。彼らは、自分たちの状況がいつひっ迫し、どんな助けが必要であるかをちゃんと自覚していたのである。

『長い冬』にもあるように、一八八〇年から八一年にかけ、デ・スメットの町全体に厳しい寒さが襲った。汽車は運行を停止し、インガルス一家は、暖房のために干し草を燃やした。

男たちは仕方なくレイヨウを獲るために狩りに出るが失敗する。とうさんは、とうとう町で独身暮らしをしているワイルダー兄弟のもとを訪れ、アルマンゾから種小麦を買い取って家族の食糧とする。真の開拓者は、時には他者の助けが必要であることを知っていた。

私たちは、人が直面する困難は、時代を問わず普遍的であることを知るべきであろう。プレイズソングや、「神のみもとで安らごう」と呼びかける類の歌もけっして悪くはないが、作者が歌詞にきちんと信仰的メッセージを込めた賛美歌は、より中身の充実したものである場合が多い。

神の伝道師、アイザック・ワッツ

多くの賛美歌の作詞作曲を手がけたアイザック・ワッツは、ローラをはじめインガルス家に深い影響を与えた一人である。ワッツは、生涯の大半を精神的な病で苦しみながらも、七百五十もの賛美歌を作った。『長い冬』の後半でかあさんが歌った一曲も、ワッツの作品である。

命の書に私の名があったなら
御国の住まいに行けるのだ

すべてのおそれに別れを告げて
涙をさっと振り払い
涙をさっと振り払い
涙をさっと振り払い

たとえ大洪水が襲い
悲しみの嵐が来ようとも
私は故郷へ帰る、安らかに
私の神、私の天、私のすべて
私の神、私の天、私のすべて
私の神、私の天、私のすべて
私は故郷へ帰る、安らかに
私の神、私の天、私のすべて[17]

歌詞にある「命の書にある私の名」とは、「子羊のいのちの書」（ヨハネの黙示録二一章二七節）に書かれた信徒たちの名前を指し、「御国の住まい」とはヨハネの福音書十四章二節にある、私たちのために用意された「住む所」のことである。この賛美歌の別の個所に「地獄の矢」

（訳注・賛美歌 When I can read my title clear の二番）とあるがこれはエペソ人への手紙六章十六節にある「悪い者が放つ火矢」のことであり、「サタンの怒り」はペテロの手紙第一、五章八節の、神の敵である悪魔が「だれかを食い尽くそうと探し回って」いると記されているところからきている。

この賛美歌の別の歌詞に「渋面のこの世」とあるが、開拓者は、人は堕落した世界に住んでいるのだという厳しく現実を捉えた視点に立っていた。なぜこの世は「渋面」なのか。それは、創世記に人類は罪の世界に堕落してしまったと書かれており、開拓者たちは、そのことを教会学校の教えや礼拝説教を通し、また個人的な経験から教えられてきたからである。しかしながら、ローラたちインガルス一家は、むしろきわめて楽観的であった。いつの日か神が素晴らしい未来を備えていてくださるという真実の信仰がなければ、挫折や失敗のたびに気持ちを立て直し、何度も挑戦し続けることなどできなかっただろう。しかし、そんな前向きな姿勢を貫いた彼らでさえ、この世は「渋面」なのだと歌わずにはいられなかったのだ。

実際、一家は、インディアン・テリトリーで大きな災難を経験した。ただ、とうさんがしっかりと頭を働かせていれば、そこに住むことは回避できたことかもしれなかったが（とうさんは希望を抱いてその地に入植したが、土地の所有権を得ることはできなかった）。その後ミネソタ州で開拓を始めたが、そこでも大きな挫折をする。幼いフレディーが病の末命を落としたことも、またイナゴの襲来により作物が被害に遭い、農場も全滅状態となったことも、けっして予想できないことであったが、一家が夜暖炉の周りで「渋面のこの世」について歌うこの賛美歌を唱和したとき、きっとこの歌詞の意味を心のうちにかみしめたであろう。結局のところ、インガルス一家にとって、人生においてもまた死にあっても、真の希望とは、ワッツの書いた歌詞にあるように、「私の故郷、私の神、私の天、私のすべて」を探し求めることによって得られるものであった。

とうさんがバイオリンで賛美歌を奏でたのは、困難な現実から気持ちをそらすためではなく、賛美歌の歌詞にこそ、辛抱強く人生を生き抜く教えが込められていたからであった。これこそ何にもまさって意義のある遺産なのであり、私たちがぜひとも後世に引き継いでいくべきものである。これは、開拓者の子孫であろうがなかろうが、すべてのクリスチャンにとって大切な遺産であるのだ。

アイザック・ワッツと、戦う教会

今日、「戦う教会」、「勝利する教会」という言い方をほとんど耳にしなくなった、しかし当時の開拓者たちは、教会が戦い勝利を収めるというビジョンを抱いて、声高らかに賛美をささげたのである。『大きな森の小さな家』には、ワッツが作詞した「われこそ十字架のつわものなれ」の一節が登場する。

私こそ、十字架の戦士
神の子羊なるキリストに付き従う者
主の教えに従うことを恐れ
御名を恥じることなどあろうものか[18]

この歌詞は、今日あまり賛美歌集には掲載されなくなった「見よや十字架の」（訳注・『讃美歌』三七九番）の歌詞と不思議なほどよく似ている。霊的な戦いは、実際の武器を持って勝利するものではないが（エペソ人への手紙六章十七節参照）、たしかにそこに戦いがあるのだという認識なしには勝利できないのも事実である。この歌詞を見ると、キリスト教信仰は、流れに乗りながら泳ぐことではなく、流れに逆らって泳ぐことなのだということに気づかされる。キリストについて話題にしただけで赤面してしまうようなとき、もし私たちがキリストの名のもとに生きようとするならば、そのような臆病な心から救い出されなければならないと改めて思わされるのだ。勝利を得るためには、信仰的な勇気が必要なのである。

もちろん、そんな厳しい信仰的戦いから撤退したくなる気持ちもわからないでもない。『大きな森の小さな家』に出てくるこの賛美歌の歌詞には、神の腕の中に身を隠したくなる戦士の少しユーモラスとも言える姿が表現されている。

主の腕に抱えられて天に昇り
心地よい花の床で安らいでなどいられようか
他の戦士たちが天の宝を勝ち取るために
血の海を漕ぎ回る間に[19]

ローラの通っていた教会の牧師、エドワード・ブラウン師は、けっして「心地よい」道を選ぶような人間ではなかった。ブラウン牧師は、会衆が貧しかったためわずかな牧師給しか受け取っておらず、もし鋼のような固い意志がなければ、家族を引き連れて西部に移ってくることはなかっただろう。ブラウン牧師自身も、入植者の一人であった。彼にとっては、「心地よい花の床」も安楽さも無縁であったであろうし、牧会している会衆が直面している苦労を我がことのように感じていたことだろう。

もし神に従うならば神は私の夢も願いもすべてかなえてくださるという今はやりの考え方は、開拓時代が終わってずいぶん経ってから派生したものにちがいない。デ・スメットの町が創立して五十年後の一九三〇年に発行されたデ・スメット紙の記念号には、食料品店、雑貨店、金物屋、洋品店などの広告があふれていた。[20]店自体は今よりやや小規模ではあるが。開拓から五十年後、人々の物欲が増大し、「心地よい花の床」はすぐ手が届くかのように間近に感じられただろう。その年の記念号は、デ・スメットの町の繁栄と成功を誇っていたが、古き時代を知る人々はそれを見てどんな気持ちを抱いたのだろうかと思う。

ワッツの賛美歌は、さらにこんな問いかけをしている。

私の前に敵は無しか
いや、敵は押し寄せる、潮のごとく
敵を迎え撃つべきはこの私ではないか
この不道徳な世は
私を神のための戦いへ誘うための
恵みの友なのか

おそらく、あの頃の入植者たちが後の世代の人々を見たら、ずいぶんとひ弱になったものだと感じたかもしれない。あの頃なかなか手に入りにくかった贅沢品が、今ではごくありふれた日用品なのだから。ローラ・ワイルダーもそのような思いを抱いていた一人であった。一九二〇年代に、ローラはミズーリ・ルーラリスト紙のコラムに次のような文章を寄せている。「後の日に私たちの人格が試されるとしたら、善を行おうとする力は近代的発展（たとえば車やラジオ）ではなく、静まりの時、古きふるさとからの『静かにささやく声』（訳注・列王記第一　一九章一二節参照）によって引き出されるものなのだろう」[21]と。彼女の言う「さささやく声」のうちには、かつて家族と共によく歌い、人生とは日用の糧や財産を手に入れる以上の意味があるのだと諭してくれた賛美歌も含まれていたのだろう。

アイザック・ワッツと永遠

開拓者たちは、この世の成功以上のものを目指していた。彼らは、成功と同時に信仰的な勝利も得たいと思っていたのである。彼らは、信仰と良心に基づき、力ある者ではなく忍耐する者こそ勝利を手にできることを知っていた。

ワッツの賛美歌は、さらにこう続く。

私は戦う
御国を治める者となるために
主よ、私に勇気を与えたまえ
私はみことばに支えられ
労苦をしのび、痛みに耐える

これこそまさしくインガルス一家の姿であった。ただし、旧約の時代の預言者たち同様、彼らも自分たちの努力の実を常に享受できたわけではない。ヘブル書には次のように記されている。「これらの人たち（アベル、エノク、ノア、アブラハム、イサク、ヤコブ、サラ）はみな、信仰の人として死にました。約束のものを手に入れることはありませんでしたが、はるか遠くにそれを見て喜び迎え、地上では旅人であり、寄留者であることを告白していました」（ヘブル人への手紙一一章一三節）

おそらく、開拓者たちの子どもたちのほうが、初代の開拓者たちよりもこの世における報いをより多く受けることができただろう。たしかに、子どもというものは親によって与えられた機会を踏み台にしてさらに多くのものを築いていくものだ。ワッツは、天を仰がずには片時も生きることができなかった初代開拓者たちには神からの報いがあることを、はっきりと歌詞に示している。

主の栄光のために戦う聖徒たちは
たとえ身体は滅びても、必ず勝つ
はるかに望み見る勝利へと
信仰によって近づく

そしてその後「安息の休み」が「神の民に」残されているのだ（ヘブル人への手紙四章九節）。彼らはそれまでの苦役から解放され、その働きによってたしかな報いを受けるのである。

その栄誉ある日に
神の戦士たちの晴れ着は
勝利に光り輝き、空にたなびく
栄光は主のもの

ワッツは、インガルス一家のみならず、西部じゅうの開拓者たちに深い霊的洞察を与えた。彼の作った賛美歌は、教派を問わず当時編まれた何百もの賛美歌集に収められた。しかしながら、ワッツ以上に一家に影響を与え愛されたのが、同じく賛美歌の作詞家ファニー・クロスビーであった。

ファニー・クロスビー、国民的賛美歌作家

ファニー・クロスビーは、多くの賛美歌作家の中でも、開拓者にもっとも影響を与えた人物であったと言えるだろう。アイザック・ワッツは精神的な病を抱えつつ何百もの賛美歌を

手がけたが、[22] クロスビーは盲目であるにもかかわらず、何千もの賛美歌を含め九千もの詩を残した。[23]『ピュア・ゴールド……』にも三十曲ものクロスビー作詞の賛美歌が収められている。『ピュア・ゴールド……』の編纂者は、「主にすがれ（Cling Closer to Jesus）」という賛美歌の説明にほんの短く「ファニーによる作詞」としか記していない。[24] まるでファニーがどういう人物なのか知らない者などいないだろうと言わんばかりに。

クロスビーは、教会学校のために数え切れないほどの賛美歌を作詞した。中でも、インガルス一家が間違いなく歌ったであろう歌が（インガルス一家は、教会が家の近くにないあいだは自宅で教会学校を持った）、「楽しき日曜学校（Our Sabbath Home）」であった。この賛美歌の歌詞は実にクロスビーらしさにあふれている（作曲はクロスビーの通う教会の牧師、ロバート・ローリーであった）。

喜びにあふれ、私たちは歌う
日曜学校で
救い主なる王なる神をたたえよ
日曜学校で
神の王座の前にひざまずこう
主に祈りをささげ

楽しい時を過ごそう
日曜学校で
主の御顔を慕い求めるならば
神はここを聖き処《ところ》とし
天の恵みの光で満たしてくださる[25]

小さな家シリーズには、子どもたちにとって日曜日がいかに退屈な日であったかを示す、二つのエピソードが描かれている。[26]『大きな森の小さな家』では、ローラが、日曜日に好きなようにかけ回ったり遊んだりできないことにかんしゃくを起こす。とうさんは、ローラに物語を話して聞かせ、とうさんのとうさん、つまりローラのじいちゃんが子どもの頃は、日曜日になるともっと厳しいきまりを守らなくてはならなかったことを伝える。当時は、日曜日は土曜日の日暮れから始まり、日曜日には料理もしてはならなかった。アルマンゾも、自分の経験から、日曜日はひどくつまらない日だと学んだ。ワイルダー一家は、日曜日はひたすら聖書を読むか、眠くなるまでただ椅子に座り続けるなどして過ごしたのである（訳注・『農場の少年』八章「日曜日」）。

もしかしたらクロスビーは、沈鬱なこの日を少しでも陽気に楽しく過ごすことができるようにとの思いを込めて、この賛美歌のおりかえしの歌詞を考えたのではないだろうか。おそらく「楽しい時を過ごそう」という言葉を選んだのも、落ち着きのない子どもたちに、賑やかな礼拝も厳かな礼拝と同じくらい私たちに喜びを与えてくれることを伝えるためだったのかもしれない。「天の恵みの光」は、家庭を神の聖らかさで満たしてくれる。ローラの物語を読む多くは、教会と同じように家庭でも神を礼拝するインガルス一家の姿に触れ、この家族のうちに神の義の本質があったことに気づかされるのではないだろうか。

音楽学者デール・コックレルは、ローラの小さな家シリーズについて、次のように語っている。「このシリーズの主題、そしてこのシリーズの並外れた人気を考えるならば、ローラ・インガルス・ワイルダーが描いたこの小説ほど『偉大なるアメリカ人家族』という神話を確立し、これを保持している物語は外にはないと言っても過言ではないだろう[27]」と。インガルス一家が口ずさんだであろう歌や賛美歌を編纂し、三つのCDに収めたコックレル博士によれば、一家がとうさんのバイオリンに合わせ好んで歌った歌には、「道徳的、人格的な教えがふんだんに盛り込まれていた」(博士の働きについては、www.laura-ingalls-wilder.com/index.htm 参照)。

たしかに、『大草原の小さな町』では、一家が日曜日の午前中には礼拝や教会学校、午後には集会へと、熱心に教会に通う姿が描かれている。『ピュア・ゴールド……』に収められている賛美歌十八番、「古きよき道(The Good Old Way)」は、ローラのお気に入りの一曲であった。この賛美歌は、ファニー・クロスビーが作詞、W・H・ドーンが作曲を手がけた。

杖を手に　われらは進む
見知らぬ土地の　砂漠を越えて
信仰は光をはなち　希望に燃え
古きよき道　われらの巡礼の歌[28]

この賛美歌は、イエスが弟子たちに自身について、「わたしが道であり、真理であり、いのちなのです。わたしを通してでなければ、だれも父のみもとに行くことはできません」と語ったヨハネの福音書十四章六節に由来する。この「道」こそが「古きよき道」であり、開拓者である先祖からインガルス家へ伝えられてきた教えであった。西部へと移動する人々にとって、自分たちが神の国をもたらす使命を帯びていると信じるのは自然なことであった。彼らは文化とキリスト教を、親が旅した地よりもさらに先に続く、「砂漠を越えて」、「見知らぬ地」へ伝えようとしていたのだから。クロスビーの賛美歌はさらにこう続く。「敵は私たちの外に、私たちの内に」と。だからこそ、彼らは、古きよき道である聖なる存在から、道徳について、また神について教えを受けなければならなかったのだ。

ローラは、ある時、こんな文章を記している。「私は、生涯を通じ、幼い頃の開拓生活で受けた教えに大きな影響を受けてきたように思う。……その教えに従おうとしてたびたび失敗もし、時には抗うこともあったが、羅針盤の針が常に星を指し続けるように、繰り返し私はその教えに戻るのだ[29]」

メリーメリークリスマス

小さな家シリーズにクリスマスのエピソードが数多く登場するのは、クリスマスに示される愛や思いやりが、インガルス一家をひとつに結束させる出来事となっていたからだ。シリーズ八巻の物語の一つひとつに、一家にとって特別な経験となったクリスマスのエピソードが描かれている。どのクリスマスの話も、ささげること、犠牲を払うことこそもっとも崇高な美徳であることを伝えている。そして、いつもそこには歌があるのだ。

その中でも特に思い出深いエピソードが、『シルバー・レイクの岸辺で』に登場する。ロブとエマ・ボースト夫妻が、クリスマス当日、インガルスの家を訪れる[30]。夫妻は、まもなく押し寄せるようにしてやってくる開拓者たちに先んじて土地の申請をするため、この時期にやってきたのである。ボースト夫妻はインガルス一家の友人で、やがてとうさん、かあさんにとってかけがえのない存在となる。不思議なことに、このエピソードに登場する歌は、「ジングルベル」以外、今日あまり歌われることがない。インガルス一家とボースト夫妻が歌った歌の一つがこれである。

メリイ、メリイ・クリスマス！
空から鳴りひびく、たのしい歌声。
クリスマスの鐘、クリスマス・ツリー、
その風にのってくるクリスマスの香り。

感謝をこめて、よろこび歌う、
心にあふれるこの日の幸《さち》を。
見よ、栄光の日（訳注・原詞の本来の意味は聖書にちなむ「義の太陽」）はのぼる
大地をあかく染めつつ[31]

当時あった教会学校の教科書にこの歌が収められており、おそらくクリスマスの時期、鐘やもみの木が身近にあったニューイングランドに住む女性がこの歌の歌詞を書いたのであろう。草原地帯に本物のもみの木はなかったし、一八七九年には、まだインガルス一家やボースト夫妻が住める町もなく、ましてや教会も鐘ももみの木もなく、ただヘンリー湖沿いに荒涼とした並木があるだけであった。互いにクリスマスの贈り物を用意することもままならなかった。ボースト夫妻もクリスマスの準備ができなかったが、辛うじてインガルス家の娘た

ちにクリスマスのキャンディを渡すことができた。当時のクリスマスに、キリストはたしかに臨在していた。

その頃クリスマスが喜びに満ちていたのは、「義の太陽」（訳注・マラキ書四章二節）つまりイエス・キリストが幼子としてこの世に生まれ、その教えと感化が「大地をあかく染める」ことを祝う時であったからである。ローラが物語に描いたすべてのクリスマスのエピソードで強調しているように、一家はけっして物質的には豊かではなかった。しかし、彼らは神のひとり子であるイエス・キリストという贈り物を、あふれるばかりに手にしていたのだ。クリスマスに何かを与えられることにあまり期待を抱かない人は、物質面で豊かである傾向が強いのかもしれない。

興味深いことに、小さな家シリーズの物語に、クリスマスの賛美歌の中でもっとも有名な曲の一つ、ワッツが作詞した「もろびとこぞりて」が登場しない。当時も、この賛美歌はとてもよく知られていた。もちろん、厳密に言えば、ワッツの作詞したこの賛美歌はクリスマスを祝う歌ではなく、キリストがその再臨の時に世を支配することをたたえる歌である。それにもかかわらず、この曲はクリスマスの賛美歌として採用され、一八七八年出版の『メソジスト監督教会賛美歌集』に掲載された。この賛美歌集はインガルス一家も使っていた。この賛美歌は、ローラの生きていた時代に使用されていた『組合教会賛美歌集』にも間違いなく載っていた。再臨について歌ったこの賛美歌がなぜクリスマスに歌われるようになったのか、その理由はわからない。

『シルバー・レイクの岸辺で』に描かれたクリスマスの場面で、インガルス一家はさらに二曲賛美歌を歌っている。[32]一曲目は「神の御山」[33]、もう一つは「やさしき言葉、まことのほほえみ」[34]。「神の御山」については少し前にも触れたとおり『ピュア・ゴールド……』に掲載されている。これも実は再臨について歌った曲であるが、アドベントの曲としてクリスマスに歌われている。この曲の歌詞はイザヤ書二章二、三節に由来する。

「終わりの日に、主の家の山は山々の頂に堅く立ち、もろもろの丘より高くそびえ立つ。そこにすべての国々が流れて来る。……『……主はご自分の道を私たちに教えてくださる。私たちはその道筋を進もう。』それは、シオンからみおしえが、エルサレムから主のことばが出るからだ」

今や私たちには「終わりの日」に、「荒れ地で私たちの神のために、大路をまっすぐに」(イザヤ書四〇章三節)するイエス・キリストが与えられており、「主はご自分の道を私たちに教えてくださる」というのが、この賛美歌の中心的なメッセージだと私は思っている。

開拓者たちは、自分たちが生きている時代に、聖書の預言が成就しつつあるかのように感じていたのではないだろうか。彼らは荒れ地を移動しながら、神の言葉を広めていった。彼らはアメリカが神の律法に従って歩んでいると信じ、自分たちこそ、この世に対する神の計画を成就させるという崇高かつ聖なる使命を帯びていると思っていた。

神からの使命を遂行する役目は、戦士から農夫に取って代わられた。なぜならすでにキリストが地に平和を、みこころにかなう人にもたらしたからである。インガルス一家も、この地上に神の計画を実現するという崇高で聖なる務めが自分たちに与えられていると感ずるときがきっとあっただろう。

『シルバー・レイクの岸辺で』に記されたクリスマスのエピソードは、ロバート・ローリーの作った「やさしき言葉、まことのほおえみ」という賛美歌の歌詞で締めくくられる。

自然のたくみのすぐれしわざも
この世のすべてにはあらず、
黄金も玉も、心を満たさじ。
されど、神のみもとにぬかずき、
やさしき言葉、あたたかきほおえみもて
ひとみな集うとき、
ああ、この世は美しきかな！[35]

とうさんがバイオリンで奏でる歌は、預言の成就よりもむしろ信仰者の家庭の麗しさへと、人々の目を向けようとしているように思われる。神が臨在する家庭ほど幸せなものはなく、神の壮大なビジョンは、家庭のうちにも現される。私たちがこの世の神を追い求めることをやめるならば、神の平安と守り、神のまなざし、神の喜びを、御国の前味として楽しむことができるのである。

　とうさんの希望が、最終的に天における報いにあったことは、幸いなことだったと言えよう。この地上での成果だけに目を留めたとしたら、結局のところ失望するしかなかったであろうから。とうさんは入植した農地に五年間住み続け、一八八六年に晴れてその地を手に入れたが、その二年後の一八八八年にかあさんとメアリーと共にそこを離れてデ・スメットに移り住み、終生その町で暮らした[36]。その農地はどうやら一八九二年に売却されたようだ。その後三人は、創立のために尽力したものの住むつもりではなかった町に、深く関わることとなる。やっと手に入れた入植地を去るとき、とうさんの思いはいかばかりであったか想像もできない。しかしとうさんは前に進み続け、やがてデ・スメットにおけるもっとも著名な住民となったのだった。

　とうさんがその町でどのような仕事に従事していたかについてはよくわかっていない。大工としての経験があったため、その腕を生かした可能性もある。あるいは店を営んでいたのかもしれない。というのも、とうさんが亡くなったあと、かあさんは、とうさんの遺した品物の中にあった布を用い、縫い物の内職をしながら生計を立てていたという記録があるからだ。

とうさんは一九〇二年に六十六歳の若さで亡くなった。とうさんの追悼記事にはこのように書かれている。

「氏は大変尊敬され、周りの人々に対し誠実かつ公平に接する人であった。友人や隣人に親切で礼儀正しく、夫としても父親としても忠実で愛にあふれていた。これほどの賛辞を受けるに値する人物が他にあろうか。短い人生の中で偉大な功績を残す者もいるだろう。国の運命を左右しまた世界の富を手にする者もいよう。しかし大半の者は平凡な人生をたどる。しかし実はそのような人物にこそ、この世界を良くする働きが与えられるのである。そしてそのために尽力する者こそ真に偉大な人物である。そんな偉大な人物のひとり、チャールズ・P・インガルスが先日天に召された。氏が、自身に与えられた務めを忠実に果たしたことで、この世界は確実に良くなったと言えよう[37]」

インガルス一家の状況にもずいぶんと変化があった。とうさんが亡くなったとき、ローラはすでにアルマンゾと結婚し、ローズが与えられ、転居していた。ローラはとうさんを看取るため一時的にマンスフィールドからデ・スメットに戻り、形見としてバイオリンをただ一つ譲り受ける。

彼女は、インガルス一家の一員として自分の人生を振り返る中、きっと慰めを受けたであろう。とうさんはこの地上においてはけっして成功したとは言えなかったが、天においてはたしかで大きな報いを受けたにちがいない。とうさんの葬儀には、とうさんのお気に入りの賛美歌「はるかにあおぎ見る」が歌われた。それは奇しくも、とうさんの人生を物語るにふさわしい一曲であった。

はるかにあおぎ見る
かがやきのみくにに、
父のそなえましし
たのしきすみかあり。

われらついに
かがやくみくににて、
きよきたみと
ともにみまえにあわん。[38]

開拓者であったとうさんのこの地上での闘いは終わり、主のみもとで安らかに眠り、そして彼が残した霊的遺産は後の世代に受け継がれた。そう、今を生きるすべての人々に。

第9章 教会持ち寄りパーティー

パイ作りと詩の創作、このどちらかを選べと言われたらパイ作りのほうを取りますわ。へたくそな詩なんかよりもおいしいパイを作るほうがずっとためになりますもの。[1]

——ローラ・インガルス・ワイルダー

一九五〇年代から七〇年代の初めにかけて私が通っていた小さな教会は、教会員どうしの交わりを深め、天における主の食卓にあずかる喜びを味わうため、よく持ち寄り愛餐《あいさん》会を開いた。正直なところ料理そのものは質素であったが、量も品数も多く、そのすべてに、料理をおいしくするのに欠かせない塩と油と砂糖がたっぷりと含まれていた（少なくとも私はそのように記憶している)。誰もが、その人オリジナルのフライドチキンレシピを持ち、手作りハムも肉料理のひとつとして振る舞われた。キャセロールがクリームたっぷりのマッシュルームスープの中に浮かび、手作りのロールパンやパイ、カップケーキも並んでいた。その光景に、子どもながらに大きな幸せを感じたものである。

一九七〇年代に入り、故郷を出てカンザスシティに移り住み、それまでよりもはるかに大きな教会に出席するようになると、教会文化にも少しずつ変化が生じていることに気づき始めた。教会では相変わらず愛餐会が持たれ、交わりを口実に皆で食事を共にした。愛餐会では、顔を合わせたとたんすぐに打ち解けることができる。ずっと敬けんな表情を浮かべている必要もない。しかし、出される料理の中にケンタッキーフライドチキンなどもちらほら見かけるようになった。二つも三つも仕事を掛け持ちしているような忙しい信徒は、家に代々伝わるフライドチキンの味を披露する時間的ゆとりはない。かつて、カーネル・サンダースおじさんの商売敵は伝統的なホームメイドのフライドチキンであったのだが、状況は一変し、教会の愛餐会に出来合いの料理を持ち寄る信徒が急増した。赤ん坊を抱えながら仕事をし、夫の世話までしなければならない現代の女性たちは、ゆっくり料理をする暇などない。また、料理ができる男性もかなり限られる。肉や野菜をサッと焼くくらいならできても、料理となるとお手上げなのだ。

そこで、開拓者が草原で生活し、女性が家庭を出て外で働くことなど想定していなかった頃（やむを得ず働いてはいたが）、そしてどの女性もおそろしく料理の腕がよかった頃（あるいは単に男性が壊滅的に料理ができなかった頃と言うべきか。というのも私の出身地では料理のできる農夫なんて聞いたこともなかったから）へと遡ることにしよう。

この章に記したレシピは皆「本物」であり、ローラたちがデ・スメットの教会に通っていた頃、ローラやその両親と知り合いだった人たちのものである。これらのレシピは、ローラとアルマンゾが新天地を求めてミズーリ州へ去ったあとも、メアリーとかあさんが長年集っていた組合教会の信徒たちから集めたものである。

一九一四年に出版されたレシピ本『クリーム・シティ・クック・ブック[2]（*Cream City Cook Book*）』には、小さな家シリーズに登場する人たちのレシピが数多く登場する。かあさんの大切な友人であったロブ・ボースト夫人、薬屋の主人の妻で歌の上手なF・C・ブラッドリー夫人、金物屋の主人の妻であったC・S・G・フラー夫人、『長い冬』の中で小麦粉を高い値で売ろうとした男性（訳注・『長い冬』二十九章「最後の一キロ」）の妻D・H・ロフタス夫人のレシピ、そしてキャロライン・インガルスからは、実においしいコールスローのレシピが掲載されている。

あなたも開拓者になったつもりで

先ほど、ここに載せてあるレシピは「本物」であると記した。それは、料理上手な私の妹ジェインが、開拓者たちが当時作ったものと同じ仕上がりとなるよう材料の量や混ぜ方の説明を改良しているという意味である。もしあなたがフワッとした食感のケーキ用フロスティングを作りたいと思っているならば、そのような期待は捨てたほうがよいかもしれない。開拓当時のフロスティングは、今日私たちが食べ慣れているものよりもあっさりとしている。作ったものは何であれそのまま食し、そして満足する。それができればあなたも立派な開拓者である。

また、加熱に関する説明に万が一不具合があった場合は、何とぞご容赦いただきたい。オーブンにはそれぞれ癖があり、元のレシピの説明文はひどく正確さに欠ける。私たちは試行錯誤を重ねながら、できる限り正確な温度を示したつもりである。少なくとも当たらずとも遠からずであろうし、そもそも開拓者たちは完璧を求めていたわけでもない。彼らは、うまく仕上がろうが、今ひとつの出来であろうが、作ったものはみな食べた。当時の人たちはおいそれと食べ物を捨てるようなことはしなかったのである。

ロブ・ボースト夫人

ロブ・ボースト夫人は、かあさんにとって、デ・スメットの新しい移住地で初めてできた一番親しい友人であった。ボースト一家は、一八七九年の冬に、誰よりも先んじて草原に自らの家を建てようとやってきた人たちである。彼らはその冬以降、自分たちの所有地に住み続け、一八八〇～八一年に襲った厳しい冬のあいだもそこに留まった。[3] はっきりとはわからないが、彼らの家は芝土でできていたのではないかと思われる。その頃そうした家は一般に普及しており、当時開拓地によく見られた一年を通して非常に住みにくい薄壁の小屋よりも、はるかに断熱性に優れていたのである。

ジンジャーケーキ

♠小麦粉　3カップ **（訳注・日本の計量カップは1カップ200㎖であるが、アメリカは1カップ約240㎖と多めなので注意したい。なお、計量スプーンは日本と同量）**
♠重曹　小さじ1
♠ジンジャーパウダー　小さじ1
♠シナモン　小さじ1

♠クローブ　小さじ1
♠砂糖　1カップ
♠バターあるいはラード　3分の2カップ
♠ブラウンシュガー　1カップを湯半カップに溶かしたもの
♠卵　2個
♠牛乳　1カップ
・小麦粉、重曹、ジンジャーパウダー、シナモン、クローブをふるっておく。
・砂糖とラードをクリーム状になるまでよくかき混ぜる。そこに溶かしておいたブラウンシュガー、卵、牛乳を加え混ぜる。そこにふるっておいた粉を入れてざっくり混ぜる。
・内側に油を塗り、小麦粉をはたいておいた23×33センチの焼き型に材料を流し込み、175℃オーブンで35〜40分ほど焼く。

ナッツケーキ

♠小麦粉　2.5カップ
♠ベーキングパウダー　大さじ1
♠バター　半カップ

♠砂糖　1.5カップ
♠卵　3個
♠牛乳　半カップ
♠砕いたナッツ　1カップ
・小麦粉半カップとベーキングパウダーをふるっておく。
・白くクリーム状になるまでバターと砂糖を混ぜる。そこに卵を加えしっかり混ぜる。残りの小麦粉と牛乳を加えしっかり混ぜる。ナッツを入れて混ぜる（A）。
・23×33センチの焼き型の内側に油を塗り小麦粉をはたいておく。焼く直前に、最初にふるっておいた小麦粉半カップとベーキングパウダーをAの生地に入れて混ぜ、焼き型に流し込む。175℃に熱したオーブンで35〜40分ほど焼く。

ドーナッツ

♠サワーミルク　1カップ
♠卵　2個
♠砂糖　1.5カップ
♠溶かしたラード　大さじ2
♠重曹　小さじ1

♠塩　ひとつまみ
♠ナツメグ　小さじ8分の1
♠小麦粉　5.5カップ
・カップにレモン汁あるいは酢大さじ1を入れ（分量外）、そこに1カップちょうどの量になるまで牛乳を注ぎ入れ、数分のあいだ置き、サワーミルクを作る。
・卵をよく混ぜ、そこに砂糖、サワーミルク、溶かしたラード、重曹、塩、ナツメグを入れて混ぜる。小麦粉を入れ、固く粘りけのある状態になるまでよくかき混ぜる。小麦粉を振った板の上に生地をそっと載せ、1.5センチの厚さになるよう平らにのばす。ドーナッツの形をした型を使って生地を切る。
・厚手のケトル（あるいは揚げ鍋）に、油脂またはサラダ油を7～10センチの深さになるまで入れ、190℃に熱する。ドーナツの生地をケトル（あるいは揚げ鍋）の油に入れ、両面を数分ずつ薄茶色に色づくまで揚げる。
［あるいはこんな手間のかかったことをしないで、クリスピー・クリーム・ドーナッツを買って持って行く。今日の教会は、それだけで十分喜ばれる］

C・L・ドーリー夫人

ドーリー夫人はデ・スメット組合教会に通っており、結婚前の名前はフロレンス・ガーランド、つまりローラが通った町の学校で最初に教わった教師である。彼女の弟のキャップ・ガーランドはローラが若い頃に淡い恋心を抱いた青年である。あの厳しい冬のさなか、小麦粉を求めてアルマンゾと共に雪の中へと出かけたのがキャップであった（訳注・『長い冬』二十五～二十九章）。

ブラックチョコレートケーキ

- ♠ココア　半カップ
- ♠湯　4分3カップ＋大さじ2
- ♠サワーミルク　1カップ
- ♠バター　半カップ
- ♠ライトブラウンシュガー　2カップ
- ♠卵　2個
- ♠小麦粉　2カップ
- ♠重曹　小さじ1

♠ベーキングパウダー　小さじ1

・ココアを湯で溶き、冷ましておく。カップにレモン汁または酢大さじ1を入れ、そこに1カップちょうどの量になるまで牛乳を注ぎ入れ、数分のあいだ置き、サワーミルクを作る。

・バター、ライトブラウンシュガー、卵をクリーム状になるまでよくかき混ぜる。湯に溶かしたココアを入れてよく混ぜる（A）。

・小麦粉、重曹、ベーキングパウダーをふるう。Aに粉とサワークリームを何回かに分けながら交互に加える。

・内側に油を塗り小麦粉をはたいた23×33センチの焼き型に流し込む。175℃のオーブンで30～35分焼く。生地の真ん中につまようじを立て、取り出したつまようじに生地がついてこない、そして焼き型の四隅を見て生地が少し縮んでいるようなら焼き上がり。

リンゴのシャルロット

・深いオーブン皿の内側にバターを塗る。皮を剝いたリンゴをスライスして皿の底に敷き詰める。固くなったパンにバターを塗り、砕いてかけらにしたものをその上に敷き、その上にさらにリンゴのスライスを敷き、砂糖と少量のシナモンをふる。皿いっぱいになるまで、パンのかけら、リンゴ、砂糖とシナモンの順に載せていき、最後一番上にリンゴのスライスを敷く。湯を振りかけて湿らせ、蓋をしてリンゴに火が通るまで焼く（23センチの細長い角皿であれば175℃で約40分）。蓋を開けて焦げ目がつくまで10分ほどさらに焼く。温かいうちに砂糖と生クリームをかけていただく。

クランベリーパイ

♠細かく切ったクランベリー　1と4分の1カップ
♠水
♠砂糖　1と4分の1カップ
♠小麦粉　大さじ2
♠直径23センチのパイシェル（訳注・何も詰め物を入れずに焼いた底敷きパイのこと）1個、パイ生地1枚

・クランベリーをカップに入れて量り、そのカップの中にクランベリーがひたひたに浸かるように水を入れる。ボウルに砂糖と小麦粉を入れて混ぜ、そこにクランベリーを水ごと加える。パイシェルにクランベリーのフィリングを注ぎ入れる。

パイ生地で上を覆う。焼いたときに蒸気が逃げるよう、覆ったパイの生地に切り込みをいくつか入れる。220℃弱で30～40分焼く。クランベリーの果汁がブクブク泡立ち、パイの表皮がこんがりしてきたら焼き上がり。

これからパンのレシピをいくつかご紹介しよう。ドーリー夫人の「グラハム・ジェム」は作るのはさほど難しくない。しかしそのあとに続くレシピは少々技術を要する。のちにパンが大量に生産され、週に一度のまとめ買いができるようになったときは、女性たちは大きな重荷から解放される思いであったろう。当時パン作りは毎日行われ、生地をこねる作業は重労働で、女性たちの手や手首に大きな負担をかけていたからである。

グラハム・ジェム

♠サワーミルク　1カップ
♠サワークリーム　半カップ
♠糖蜜　半カップ
♠重曹　小さじ1
♠塩　小さじ1
♠全粒粉　1.5カップ

♠薄力粉　4分の3カップ
・カップにレモン汁または酢大さじ1を入れ、そこに1カップちょうどの量になるまで牛乳を注ぎ入れ、数分のあいだ置き、サワーミルクを作る。
・小ぶりのボウルにサワーミルク、サワークリーム、糖蜜を入れて混ぜる。
・別のボウルに重曹、塩、全粒粉、薄力粉を入れ混ぜ合わせる。先に小ぶりのボウルで混ぜた液体を粉の中に一度に入れ、全体が湿った状態になるまで混ぜる。マフィン型の内側に油を塗り、底から3分の2の高さまで生地を流し込む。約200℃に熱したオーブンで20～25分焼いた後、マフィン型に入れたまま冷まし、型をひっくり返して台または布巾の上に取り出す。
（注・材料に卵も油脂も使用していない）

F・C・ブラッドリー夫人

F・C・ブラッドリー夫人は、デ・スメットの文芸会で歌を歌い、オルガンの演奏も務めた（訳注・『大草原の小さな町』十九章「めくるめく愉快な日々」）。夫人の歌は本当に素晴らしく、かあさんもローラも感動のあまり涙ぐむほどであった。もしかしたらあなたも、出来上がったグラハム蒸しパンがおいしすぎて思わず涙ぐんでしまうかも？

グラハム蒸しパン

♠サワーミルク　2カップ
♠糖蜜　1カップ
♠砂糖　半カップ
♠塩　小さじ1
♠ベーキングパウダー　小さじ2分の1
♠重曹　小さじ1を湯大さじ1に溶かしたもの
♠薄力粉　半カップ
♠全粒粉　3カップ

・クォート・カップ1カップ（訳注・クォート・カップは約950㎖）にレモン汁大さじ2を入れ、そこにカップ2杯分（約480㎖）の目盛りまで牛乳を注ぎ入れ、数分のあいだ置いてサワーミルクを作る。
・生地を作るため、材料リストの順番で材料を混ぜる。
・4つの「缶ナンバー2」の内側によく油を塗る（「缶ナンバー2」とは果物が560グラムほど入る缶）。

・生地を缶の底から3分の2の高さまで（あるいはそれよりも少し少なめ）まで入れる。缶にワックスペーパー（訳注・クッキングシートで代用可）を二重にかぶせ輪ゴムをかけて外れないようにする。ワックスペーパーをかぶせるのは、ケトルの蓋に集まる湯気がパンの上に落ちないようにするため。

・しっかりと蓋のできる深いケトルの底に五徳を置き、その上に缶を並べる（蒸し器を使用する場合は製品の仕様書に従う）。

・熱湯を缶の半分の高さまでケトルに注ぎ、蓋をして2時間半蒸す。

・缶をケトルから取り出し、ワックスペーパーを外す。

・缶を高い温度（230℃ほど）に熱したオーブンに5分ほど入れる。缶の底を缶切りで開け、パンを押し出す。太い糸をパンの周りに一巻きし、糸の両端を交差するように引っ張ってパンを切る。熱いうちにいただく。

・冷めたパン、あるいは凍ったパンを温め直すには、パンをザルに入れ清潔な布巾をかぶせ、熱湯の湯気で15分ほど温める。

[注・凍ったパンを電子レンジで温めるには、パンを皿に載せてワックスペーパーをかぶせ、電子レンジで6分から8分ほど温め、5分ねかせてからスライスする]

C・S・G・フラー夫人

C・S・G・フラー夫人の夫は『大草原の小さな町』（訳注・二十一章「むこうみず時代」）に登場し、文芸会で木靴ダンスを披露した人である。フラー夫人は教会や社会活動に熱心な人としてインガルス一家の目には映っていた。やがてデ・スメットで入植者を記念する祝賀会が持たれるようになり、フラー家の人々は町の発展に大きく寄与したとして常に名前が挙がっていた。

ロールパン

♠牛乳　4カップ
♠ラード　半カップ
♠砂糖　半カップ
♠塩　大さじ1
♠ドライイースト　2包
♠湯　1カップ
♠強力粉　9.5カップ～10.5カップ
♠バターまたはマーガリンを溶かしたもの　半カップ

・大きなボウルにラード、砂糖、塩を入れ、沸騰する寸前まで温めた牛乳をその上に注ぐ。室温になるまで冷ます（A）。ドライイーストを湯に溶かす（湯はイーストが溶ける程度にほのかに温かい状態にしておく）。室温まで冷めたAにイーストを入れ、そこに6.5カップの強力粉を入れて固めの生地を作る。布巾で覆い、生地がふっくらと2倍に膨らむまで2時間ほどねかせる。
・生地をかき混ぜ、残りの強力粉3〜4カップを加える。表面の粉っぽさが消えるまで15分ほどこねる。ボウルをきれいに洗い軽く油を塗る。生地をボウルに戻し、表面に油をつける。生地がさらに倍に膨らむまで約1時間半ねかせる。
・生地を半分に切り、1センチ半の厚さにのばす。直径7.5センチの丸いビスケット型で生地を切り抜く。刷毛で表面に溶かしたバターを塗って半分に折り、半円形の縁を押さえつける。油を塗ったオーブンの天板に並べる。もう半分の生地も同じようにする。
・布巾をかけ、生地が2倍に膨らむまで30分ほどねかせる。190℃に熱したオーブンで12分から15分焼く。天板から取り出し、表面に刷毛でバターを塗る。
[注・このレシピでは、生地の一部を使って予備発酵させる方法をとっている（訳注・一次発酵）が、このときに湯の温度があまり高すぎないことが大切。そうしないと最初の発酵段階で一気に膨らみすぎてしまう。また、強力粉はグルテンの含有量が多いため全工程において膨らむ力が強いので、予備発酵不要のドライイースト

は使用しないこと。フラー夫人によると、このレシピで48個のロールパンが作れるそう。我が家でこのレシピを試したところ、48個のロールパンと23×33センチの天板にたっぷり載るほどのシナモンロールが出来上がった」

ホワイトケーキ

♠小麦粉　2.5カップ
♠ベーキングパウダー　小さじ2
♠バター　半カップ
♠砂糖　1.5カップ
♠牛乳または水　1カップ
♠卵白　5個分
♠刻んだナッツ　1.5カップ（好みによって）

・小麦粉とベーキングパウダーをふるっておく。
・バターをクリーム状になるまでよくかき混ぜ、少しずつ砂糖を加える。そこにふるっておいた小麦粉と牛乳を交互に加える。材料をすべて合わせたら5分ほどしっかりと混ぜ合わせる。卵白をしっかり固くなるまで泡立て、生地の中に入れて切り込むように混ぜる。直径約20センチの丸いケーキ型2つ、あるいは23×33

センチのケーキ型の内側に油を塗り、小麦粉をはたき、生地を流し込む。
・175℃に熱したオーブンで25～30分焼く。焼き上がったら型に入れたまま10分ほど冷まし、金網台の上に取り出す。
（ナッツケーキにする場合は、卵白を混ぜる前にナッツを入れる）

クリームパイ

♠ハーフ・アンド・ハーフ（訳注・牛乳と生クリームを半々に混ぜたもの）1.5カップ
♠卵黄　2個分（卵白はメレンゲ用に取っておく）
♠砂糖　半カップ
♠コーンスターチ　小さじ2
♠バニラエッセンス　小さじ1
♠すでに焼いてあるパイシェル（直径約20センチ）
♠砂糖　大さじ2

・ハーフ・アンド・ハーフを湯煎にする。卵黄、砂糖半カップ、コーンスターチを混ぜ合わせ、湯せんにしたハーフ・アンド・ハーフに入れる。とろりとなめらかになるまで絶えずかき混ぜる。火から下ろし、バニラエッセンスを加える。
・なめらかによく合わさるまでかき混ぜ、熱いうちにパイシェルに注ぎ入れる。

・卵白をしっかりと固くなるまで泡立て、砂糖大さじ2を少しずつ加える。パイの材料の上に卵白を積むように塗る。175℃に熱したオーブンで、表面が茶色く焦げ目がつくまで10～15分焼く。

キュウリのピクルス

♠漬け物用の塩　4カップ
♠水　約7.5リットル
♠小ぶりのキュウリ　約7.5キログラム
♠ホワイトマスタードシード　半カップ
♠オールスパイス（ホール）　大さじ2
♠ペッパーコーン（訳注・干した胡椒の実）　大さじ2
♠クローブ（ホール）　大さじ2
♠シナモンスティックを砕いたもの　4分の3カップ
♠酢　6カップ
♠赤唐辛子をちぎったもの　3本分
♠生のセイヨウワサビ　数本
♠ブラウンシュガー　2カップ

♠糖蜜　１カップ

・石製、あるいはガラス、陶製の容器、もしくはヒビの入っていないほうろう鍋に水を張り、漬け物用塩を入れて溶かす。そこにキュウリを入れる。容器と同じくらいの大きさの皿をキュウリの上に載せ、キュウリがちゃんと汁に浸かるよう、その上に重しを置く。３日ほどそのままねかせる。

・４日目にキュウリをよく水で洗い、しっかりと拭いて水気を取る。

・マスタードシード、オールスパイス、ペッパーコーン、クローブ、シナモンスティックを布の袋に入れ、紐で結ぶ。１カップの酢の中に先ほど作ったスパイス袋と赤唐辛子、セイヨウワサビを入れ煮立たせる。スパイスの風味を付けた酢に残りの酢とブラウンシュガーを入れふたたび煮立たせる。それをキュウリの上に注ぐ。キュウリ全体を浸すのに液が足りない場合はさらに酢を足す。先ほどと同じように、しっかりとキュウリが汁の中に浸るよう皿をかぶせ、その上に重しをする。

・４日目から10日目のあいだ毎日キュウリを出し、汁を沸騰させ、キュウリを汁に戻し入れ、皿を載せて重しをする。

・11日目にはキュウリを汁から出し、汁に糖蜜を入れてから沸騰させる。キュウリを煮沸消毒したガラスの瓶に入れ、しっかりとキュウリが浸るように熱い汁を入れて封をする。瓶ごと沸騰した（100℃）湯の中に入れ5分ほどそのまま煮る（訳注・滅菌のため）。

［このレシピを読むと、昔学校に通っていた頃クラスで取り組んだ長期にわたる実験プロジェクトを思い出す人もいるかもしれない。しかし、開拓者の妻たちの日常は、こんな仕事の連続であった。ピクルス一つ作るのにも、これほどの手間暇をかけていたのである］

キャロライン・インガルス（かあさん）

ピクルスのレシピをもうひとつ紹介しよう。このレシピを見ると、アメリカ英語も時代とともに少しずつ変化しているのがわかる。これは「ピクルス」の作り方を示したレシピだが、現代の感覚で言えばピクルスというよりむしろコールスローに近く、持ち寄りパーティーによく出された料理の一つのようだ。おそらくキャロライン・レイク・クイナー・インガルスは自宅の庭でキャベツとトマトを栽培していたのだろう。この「ピクルス」はさまざまにバリエーションを加えられ、インガルス家の食卓を彩ったにちがいない。

ミックス・ピクルス

♠刻んだキャベツ　4キログラム弱
♠グリーントマト　4キログラム弱
♠タマネギ　1キログラム
♠ピーマン　3個
♠漬け物用塩　半カップ
♠粉末のマスタードシード　大さじ4
♠ジンジャーパウダー　大さじ2
♠クローブ　大さじ1
♠シナモン　大さじ1
♠オールスパイス　大さじ1
♠砂糖　6カップ
♠セロリシード　30グラム弱
♠酢　6カップ

・キャベツ、トマト、タマネギ、ピーマンを刻む。塩を振りかけ1、2時間置く。水気を絞る。マスタードシード、ジンジャーパウダー、クローブ、シナモン、オールスパイス、砂糖、セロリシードを混ぜ入れ、6カップの酢を注ぎ入れる。野菜全体が汁に浸るよう、必要であれば酢を足す。20分ほど弱火で加熱する。
・ガラス瓶を煮沸消毒し、瓶が熱いうちに汁ごとピクルスを入れ封をする。瓶を100℃の湯で5分ほど湯せんする。

ここまで読み進めてきた方は、「これほど手間暇かけて料理を準備するより、ケータリングサービスを利用したほうがずっと理にかなっているのではないか?」と思うのではないだろうか。正直、私自身そんな思いがよぎったのもたしかである。しかし、当時教会で行われる催しは、料理作りという工程も含め、人々にとって娯楽や気晴らしとなっていた。それが当時の信徒にとってどれほど大切な意味を持っていたか、現代に生きる私たちには理解できないのだと思う。私たちは、教会以外の場でもさまざまな愉しみを味わうことができるからだ。かくいう私も若い頃、ちょうど日曜の夕礼拝の時間帯にテレビでウォルト・ディズニーの「ワンダフル・ワールド・オブ・カラー」の放映が始まったとたん、礼拝に出席する気持ちが失せてしまった思い出がある。ディズニーとテレビ初のカラー番組の誘惑はそれほど大きかった。

あふれるほどのデザートの数々、足りない時間組合教会の料理本には、なぜあれほどたくさんのデザートレシピが載っているのだろう。私にもはっきりした理由はわからないが、一つ言えることは、デ・スメットの入植者たちは元々ニューイングランドの出身であり、ニューイングランドでは伝統的に朝食にパイを出すという慣わしがあったからではないだろうか（なぜかわからないが、今はそのような習慣はないようだ）。当時の女性たちにとって、デザートは料理の中で主たる部分を占めるものであったのだろう。また当時は、ダイエットに関する情報もあまり普及していなかった。むしろ、栄養失調になることを恐れたのである。現代の人たちがこんなものを食べたらとたんに体重が増えてしまうだろうが、当時は男性も女性もよく身体を動かして働いていたためそのような心配はなかった。

最後に一言付け加えるとすれば、これらのレシピを教えてくれた女性たち（おそらくローラは若い頃、彼女たちをよく知っていただろう）は、あまり多くの肉料理のレシピを提供してくれなかった。理由は不明だが、おそらく肉料理といえば、肉によく塩を振りそのままただゆでるか、ラードで揚げ焼きするくらいだったのだろう。いずれにせよ『クリーム・シティ・クック・ブック』には、何ページにもわたり甘いデザートレシピが掲載されているのに対し、肉料理はたった一ページ半。そこには、「肉はしっかりと火を通すこと」とある。当時は肉の焼き具合をミディアムにするというような習慣はなかったようである。

F・L・ハートホーン夫人

テーマがふたたびデザートに移ったところで、そろそろF・L・ハートホーン夫人のレシピを紹介することとしよう。ハートホーン家は、町ではよく知られた一家であり、デ・スメットにおいてかなり早い時期から生地屋を営んでいた。また、共にあの厳しい冬を耐え忍んだ八十世帯からなる集落に属していた。ハートホーン一家の店は、チャールズ・インガルスが二番通りに建てた家から半ブロック先にあった。

ポップコーンボール

♠ポップコーン　11.5キログラム
♠砂糖　2カップ
♠水　1カップ
♠クリームターター　小さじ2分の1

・用意したポップコーンから、弾けず実のままのものを取り除き、大きな容器に入れる。
・水に砂糖とクリームターターを入れて溶かし、料理用温度計で測りながら120～130℃の温度で煮てシロップを作る。

・シロップをポップコーンの上に注ぎ、全体にシロップが行き渡るよう素早く混ぜる。
・冷水で手を湿らせながら、できる限り手早くポップコーンを丸めていく。
[注・この量のシロップだとすべてのポップコーンの表面をコーティングするには足りないかもしれないが、丸めてポップコーンボールを作るには十分である。香り付けのためにシロップにバニラエッセンスを小さじ1加えてもよい]

フレンチクリームケーキ

♠卵　3個（卵白と卵黄に分けておく）
♠砂糖　1カップ
♠小麦粉　1.5カップ
♠ベーキングパウダー　小さじ1
♠水　大さじ4
♠バニラエッセンス　小さじ1

・卵黄と砂糖をよく混ぜる。そこに小麦粉、ベーキングパウダー、水、バニラエッセンスを入れる。卵白をしっかり固くなるまで泡立て、先ほどの生地に切り込むように混ぜる。長方形のパン用焼き型の内側に油を塗り小麦粉をはたいてから生地を流し込み、175℃に熱したオーブンで40〜45分焼く。

［注・オリジナルのレシピでは、長方形のパン用焼き型または、底浅の丸いケーキ用焼き型3つで焼くようにと記されている。しかしながら、このレシピでできる生地は、底浅の丸いケーキ用焼き型2つでも量が足りない。この生地にはラードは使用されていないため、仕上がったケーキは固くパサパサしている。挑戦する人がいれば、幸運を祈る。そもそも教会の女性たちがみんな例外なく、料理上手というわけでもないのだし……］

D・H・ロフタス夫人

D・H・ロフタス氏は、かなり早い時期から町に住み始めた入植者の一人であり、あの厳しい冬のあいだ食糧不足に悩む町の人々のために、小麦粉を探しに出かけたアルマンゾとキャップ・ガーランドの勇気ある行いに便乗して、一儲けしようとした人物である（訳注・『長い冬』二十九章「最後の一キロ」）。結局ロフタス氏は小麦粉に高い値をつけることはせず、客と良い関係を保つ道を選択した。ロフタス夫人は夫の商売には関わりを持たず、料理に専念していた。

ホワイトレイヤーケーキ

♠小麦粉　1.5カップ
♠重曹　小さじ1
♠クリームターター　小さじ1
♠バター　半カップ
♠砂糖　1カップ
♠牛乳　半カップ
♠卵4個分の卵白を固く泡立てたもの

・小麦粉、重曹、クリームターターをふるっておく。
・バターと砂糖を、クリーム状になるまでしっかり混ぜ合わせる。そこに牛乳を加えよく混ぜる。泡立てた卵白、ふるっておいた粉を入れ、3分間ほどよく混ぜ合わせる。
・23×33センチのケーキ型、あるいは直径20センチの丸いケーキ型2つの内側に油を塗り小麦粉をはたき、材料を入れる。175℃に熱したオーブンで、15〜20分焼く。
[注・このレシピは、ロフタス夫人の指示どおりに作成したもの。泡立てた卵白を材料に入れた後3分間混ぜると、そのあいだに空気が抜けてしまい、23×33セン

チのケーキ型で焼くと高さの薄いケーキが仕上がる。むしろ粉を材料に入れ3分間混ぜ合わせた後に、卵白を切り込むようにして入れたほうがよいかもしれない。ぜひそのように試していただきたい」

シーフォームキャンディ

♠ブラウンシュガー　2カップ
♠水　半カップ
♠卵1個分の卵白
♠バニラエッセンス　小さじ1
♠刻んだナッツ　半カップ

・水にブラウンシュガーを入れ、料理用温度計で112〜115℃の温度で加熱して煮詰め、シロップを作る。
・卵白を固めに泡立てる。沸騰したシロップを卵白に静かに注ぎかける。そのあいだ混ぜる手を止めない。少し固くなったらバニラエッセンスと刻んだナッツも入れる。
・材料が固まってきたら、スプーンで丸めながらワックスペーパーあるいはバターを塗った天板に置いていく。出来上がったキャンディは、しっかりと覆いをして保存する。

桃とオレンジの砂糖煮

♠桃　12個
♠オレンジ　6個
♠砂糖　7カップ
♠水　2カップ
♠刻んで湯通ししたアーモンド　2カップ

・桃の皮を剝いて刻む。オレンジの皮をすり下ろす。白い部分を下ろさないよう注意する。オレンジの果肉をスライスする。
・桃、オレンジ、すり下ろしたオレンジの皮、砂糖、水を合わせ、透きとおってトロッとした状態になるまで煮る。アーモンドを加えさらに15分煮る。煮沸したガラス瓶に入れ封をする。小さなガラス瓶10個分の砂糖煮が出来上がる。

グースベリーの砂糖煮

♠グースベリー　約6キロ弱
♠オレンジ　6個

♠レーズン　4カップ

♠砂糖　24カップ

・グースベリーをすりつぶし、オレンジを皮ごと刻む。そこにレーズンと砂糖を入れる。全体をよく混ぜ合わせ火にかける。弱火で常にかき混ぜながら、トロッとするまで煮る。煮沸したガラス瓶に入れ封をする。

［注・生のグースベリーを一粒口に入れたことがあれば、砂糖を24カップも入れる理由がわかるだろう。糖尿病患者の手の届くところに砂糖煮の瓶を置かないよう注意！］

ドーナッツ

♠重曹　小さじ1

♠シナモン　小さじ1

♠ナツメグ　小さじ8分の1

♠小麦粉　3.5カップ

♠砂糖　3分の2カップ

♠溶かしたバター　大さじ4

♠卵　2個

♠バターミルク　1カップ

・重曹、シナモン、ナツメグ、小麦粉をふるっておく。

・砂糖、溶かしたバター、卵をしっかりと混ぜ合わせる。そこにバターミルクを加える。ふるった粉を一気に加え、粉が湿る程度にざっくり混ぜる。

・厚手のケトル、あるいはたっぷり油の入るフライパンに7〜10センチの高さまでラードまたはサラダ油を注ぎ190℃に熱する。

・スープ用のスプーンを二つ使い（ドーナッツの生地がくっつかないように熱い油にあらかじめ浸しておく）、生地を丸めて片方のスプーンに乗せもう一つのスプーンで押し出しながら熱した油に落とす。茶色く色がつくまで3、4分揚げる［ほとんどのドーナッツは片側が揚がると自然にくるりと裏返しになる。ならない場合はスプーンで裏返す］。

・大きめの穴あきスプーンで揚がったドーナッツをすくい上げ、ペーパータオルの上に置く。グラニュー糖を全体にまぶす。

プディング

♠乾燥した細目パン粉　1と4分の1カップ

♠小麦粉　2カップ

♠スエット（訳注・牛や羊の腎臓付近の脂）を細かく刻んだもの　１カップ
♠レーズン　１カップ
♠糖蜜　１カップ
♠牛乳　１カップ
♠重曹　大さじ１
♠塩　小さじ１
♠クローブ　小さじ１
♠シナモン　小さじ１

・すべての材料を混ぜ合わせ、内側によく油を塗った2リットル入りの型に流し込む。しっかりと蓋をするか、ワックスペーパーを何枚か重ねてかぶせて外れないよう紐で縛る。

・大きめの鍋の底に蒸し調理プレートを置き、水を入れて沸騰させ、プレートの上に材料の入った型を載せる（水が型の半分までの高さとなるよう調整する）。鍋に蓋をし、弱火で3時間蒸す。型をひっくり返してプディングを皿の上に出す。

レモンパイ

♠砂糖　１カップ
♠コーンスターチ　大さじ２
♠レモン１個分の汁と皮のすり下ろし（レモン汁大さじ２、皮のすり下ろし小さじ１）
♠バター　大さじ３（卵１個分ほどのかたまり）
♠湯　１カップ
♠卵　１個（黄身と白身に分けておく）
♠砂糖　大さじ２
♠直径20センチのパイシェル　１個

・砂糖１カップ、コーンスターチ、レモン汁と皮のすり下ろし、バター、湯をソースパンの中に入れ、材料が透明になるまで煮る。火から下ろし、材料を少し取り分けてボウルに入れ、そこによく溶いた卵の黄身を入れる。よくかき混ぜて材料の中に戻しふたたび火を入れてから冷ましておく。
・卵の白身を固くなるまでしっかりと泡立て、砂糖大さじ２を少しずつ加えてメレンゲを作る。

・先ほどの材料を底の浅い直径20センチのパイシェルに流し込み、その上にメレンゲを載せる。オーブンを175℃に熱し10〜15分、表面に焦げ目がつくまで焼く。

［注・材料を固くするため、レシピの分量に、コーンスターチ大さじ1、卵一個分の黄身をさらに加えるとよい。レシピどおりに作ると、中身をストローで吸いながら食べなければならないほどゆるくなってしまう。そして非常に甘い。レモン汁の量を2倍にするとよいかもしれない。本当においしい自慢のパイレシピは実は誰にも明かしたくない、というのが本音だったりして？］

C・H・ティンカム夫人

C・H・ティンカム夫人は、デ・スメットに町ができた最初の頃から、夫と共に家具屋を営んでいた。ティンカム夫人は、『大草原の小さな町』（訳注・十七章「親睦会」）にも記される第一回目の「十セント親睦会」を主催した人物である。ティンカム夫妻が営む店はインガルスの家と同じブロック、道を隔てた先にあった。彼女の一番目のレシピを見ると、当時フロスティングをおいしく作るのはなかなか難しかったことがうかがえる。

ココアフロスティング

♠ココア（無糖）　小さじ4
♠水　大さじ2
♠湯　大さじ3
♠バニラエッセンス　小さじ1
♠塩　ひとつまみ
♠アイシング用の粉砂糖　1と4分の3カップ

・ココアをソースパンに入れ水を注ぎ、なめらかになるまでかき混ぜる。湯を注ぎ1、2分煮る。バニラエッセンスと塩を加える。かき混ぜながら粉砂糖を入れ、なめらかにつやが出るまでしっかり混ぜ合わせる。固すぎるようならさらに水を加え、ゆるすぎるようならさらに粉砂糖を加える。

[注・ケーキの上に塗ることができるほどフロスティングを固くするためには、実際には粉砂糖が3.5カップ必要であった。するとチョコレート味が薄まり甘みがきつすぎて、とてもじゃないが食べられない。オリジナルのレシピを変えてごまかすことはあまりお勧めしない。缶詰のフロスティングを使ったほうが、期待どおりのケーキに仕上がる確率が高い]

ブラウンブレッド

♠全粒粉　3カップ

♠サワーミルクあるいは普通の牛乳　2カップ

♠糖蜜　Iカップ

♠レーズン　半カップ

♠重曹小さじ2を湯大さじ2で溶かしたもの

・すべての材料を合わせてかき混ぜる。内側に油を塗ってなじませた缶ナンバー2、4つに材料を均等に入れる（果物約560グラム入りの缶が通常缶ナンバー2と呼ばれる）。

・3時間ほど蒸す。［蒸し方については、F・C・ブラッドリー夫人のグラハムパンのレシピを参照のこと］

ベイクドビーンスープ

♠ベイクドビーンズ（訳注・インゲン豆の水煮）　Iカップ

♠水　Iカップ

♠タマネギ　I個

♠トマト　一カップ
♠牛乳　一カップ
♠バター　大さじ一
♠小麦粉　大さじ一
♠味付けに塩・コショウ
♠刻んだセロリ
・豆の水煮、水、タマネギ、トマトを柔らかくなるまで煮る。こし器でこすか、フードプロセッサーでピューレ状にする。牛乳、バター、小麦粉を加えトロッとさせる。塩・コショウで味を整え、皿に注いだ後、刻んだセロリをトッピングする。

D・W・ウィルマース夫人

ウィルマース家もデ・スメットの初期の頃からの入植者。一八八三年以降、ウィルマース家の人々の活躍は町でよく知られるようになった。D・W・ウィルマース氏は、兄弟のジョージと共に食料品店を営み、町の創立五十周年祝賀会のときもその店は続けられていた。ローラとアルマンゾもウィルマース家の人々のことを知っていたと思われる。

ブラックチョコレートケーキ

♠無糖のチョコレート　30グラム弱のかたまりを4つ
♠サワークリーム　1カップを半々に分けておく
♠卵　3個　黄身と白身を分けておく
♠砂糖　1と4分の1カップ
♠小麦粉　1カップ
♠バニラエッセンス　小さじ1
♠重曹小さじ1を湯大さじ1で溶いたもの

・チョコレートと半カップのサワークリームを合わせ、溶かしておく。
・卵黄、砂糖、そして残り半カップのサワークリームを混ぜ合わせる。そこに小麦粉をかき混ぜながら入れ、チョコレートとサワークリームを合わせたもの、バニラエッセンスを加える。
・固く泡立てた卵白を生地に入れ、切り込むようにしながら混ぜる。湯で溶かしたベーキングソーダを入れる。
・23×33センチの焼き型の内側に油を塗り小麦粉をはたき、生地を流し込む。オーブンを175℃に熱し、15〜20分焼く。

[注・このケーキにはバターもラードも使われていない。このレシピではバターなどの油脂の代わりにサワークリームを使用。卵白を加えるまで生地はやや固めなため、卵白を切り込むようにして生地に混ぜているあいだに、ほとんどの空気が抜けてしまう。そのためか膨らみが足りず、薄くねっとりした食感のケーキが出来上がる。おそらく、わざとそのような仕上がりになることをねらったレシピなのだろう。私は、市販のサワークリーム、そして生クリームにレモン汁大さじ一を加え手作りしたサワークリーム、どちらも試してケーキを作ってみたが、どちらの場合も、レシピどおりにチョコレートとサワークリームを合わせてから溶かそうとすると、チョコレートを完全に溶かすまで火を入れる過程で材料が固くなってしまい、また気をつけないと焦がしてしまう。まずはちゃんとチョコレートを溶かし、その中にサワークリームをかき混ぜながら入れるほうがうまくいくかもしれない]

シュークリーム

♠バター　半カップ
♠水　一カップ
♠小麦粉　一カップ

♠卵　3個

・バターを鍋に入った水に入れて溶かし、ふつふつとするまで煮立たせる。小麦粉を一度に入れ、材料が一かたまりになるまで、30秒から1分間ほど勢いよくかき混ぜる。鍋を火から下ろし10分ほど冷ます。

・卵を一個ずつ割り入れる。そのつど材料がなめらかになるまで1分間混ぜ合わせる。

・天板に油を塗る。その上に、大さじのスプーンを使い丸く形を整えながら生地を落としていく。オーブンを200℃に熱し、生地がこんがりとした茶色になるまで20〜30分焼く。焼き上がったシューは、指で軽くたたいて中が空洞であることを確認すること。天板から金網台にシューを移し冷ます。十分冷めたら、シューの中にホイップクリームを絞り込む。

[注・現在のシュークリームのレシピのほとんどは、卵を4個使用している。卵の数をひとつ増やすと、その分焼いている過程で水分が多く発生するためシューの中の空洞が大きくなり、ホイップクリームを絞り込む前に生地を取り除いて空洞を大きくするという手間を省くことができる]

パイナップルシャーベット

♠水　6カップ
♠砂糖　2カップ
♠パイナップル　1缶（560グラム缶）汁は捨てない
♠レモン3個分のレモン汁（大さじ6）
♠卵白　1個分（低温殺菌された生食可の卵）

・鍋に水と砂糖を入れて温め砂糖を完全に溶かしてシロップを作り、冷ましておく。ミキサーまたはフードプロセッサーでパイナップルをピューレ状にする［あるいは開拓当時のように、気が遠くなるほどの根気強さでひたすらすりつぶす］。シロップにピューレ状のパイナップルとレモン汁を入れ、アイスクリームメーカーで凍らせる。冷凍庫で冷やす場合、20分ほどで凍る。
・卵白をしっかりと泡立て、凍らせたシャーベットに加えて泡立て器で混ぜる。残ったシャーベットはふたたび冷凍可。

ネバ・ウェイリー・ハーディング夫人の母

本書の第4章に、ネバ・ウェイリー・ハーディング夫人の母が鬱で苦しんでいたことを記したが、ネバはデ・スメットの近くで育ち、インガルス一家をよく知っていた。特にローラとキャリーのことはかなり記憶に残っていたようで、自身の百歳の誕生日に、ふたりにまつわる思い出話を語ったそうだ。以下のレシピは彼女の母のレシピである。

ストロベリーシャーベット

♠砂糖　2カップ
♠水　4カップ
♠ストロベリー味のゼリーの素　大さじ2（なくてもよい）
♠へたと葉を取り除いたイチゴ　1キログラム
♠レモン1個分のレモン汁（大さじ2）
♠卵2個分の卵白（低温殺菌された生食可の卵）
♠砂糖　大さじ2

・砂糖2カップと水、ゼリーの素を鍋に入れて煮立たせ、完全に砂糖を溶かしてから冷ます。

・イチゴをつぶす。こし器を使って裏ごしをするか、フードプロセッサーでピューレ状にする。先ほど作ったシロップにイチゴとレモン汁を入れ、アイスクリームメーカーで凍らせる。冷凍庫では約20分程度で凍る。正直に言うと、文明の利器である冷凍庫があるとかなりの時間短縮になり楽である。
・白く泡立つまで卵白を混ぜ合わせ、そこに少しずつ砂糖大さじ2を加える。しっかりと角が立つまで泡立て、凍ったシャーベットに加え、泡立て器で混ぜる。残ったシャーベットはふたたび冷凍可。冷凍庫で保存できることを感謝！

開拓時代の人々が、どれほど料理に手間をかけていたかおわかりいただけただろうか。現代に生きる私たちが、進んで出来合いの料理を買い、教会の愛餐会でケータリングを頼むようになったのも無理のない話かもしれない。

第10章 ローラが教えてくれたこと

人類は行き先知らずの道をたどっているのではない。真の道を目指すよう始めから定められているのだ。……私たちに啓示が与えられていること、神の偉大さと善をさらに深く理解するよう導かれていることを、謙虚な心で感謝しようではないか。[1]

—ローラ・インガルス・ワイルダー—

皆さんは、私が子どもの頃に、ローラとその家族の物語からすっかり卒業したと思っておられるかもしれない。私が小さな家シリーズの全巻を読み終えたのは小学校最後の年だった。たしかに幼い頃の熱中はそう長くは続かない。しかし、それからずいぶん年月を経て、私は、ウィリアム・アンダーソンが編集した『大草原のおくりもの――ローラとローズのメッセージ（*A Little House Sampler*）』（谷口由美子訳、角川書店、一九九〇年）という本に出会い、ローラがオザークで暮らしていた頃に記した文章に触れたことで、ふたたびこの物語に興味を持ち始めたのだった。

私は、出版社に本書の企画を持ち込むことにした。出版社もローラのファンも、ミズーリ・ルーラリスト紙が人気紙だった頃にローラが大人に向けて記した記事に興味があるのではないかと思ったからだ。私自身、大人の視点で書かれた彼女の文章に、子どもの頃に出会い大好きになったローラの姿を見出すことができてうれしかったものだ。実際には、物語に描かれるローラとは少し異なる彼女の本当の姿を時々発見し、興味を持ったのである（以前にも述べたが、本の中の出来事のいくつかはフィクションであり、実在しない家族や人物も登場する）。

私は、ローラへの情熱があふれるあまり、図書館の司書をしている私の妻が小さな家シリーズを読んだことがないと知ると、家でくつろぎながら台所のテーブルに座り、全シリーズを彼女に読んで聞かせたほどであった。私が声に出して物語を読んでいると、私たちは、ローラの世界、つまり「真実はいつの時代も変わりません。誠実であること、うそをつかないことこそがもっとも素晴らしいのです。大切なのは、今手にしているものを最大限に生かすこと、ささやかな楽しみに喜びを見出すこと、物事がうまくいかなくても朗らかに、そして勇気を抱くことです」[2]（これは、一九四七年に開かれたローラの八十歳の誕生日の祝い会において、シカゴに住む子どもたちに宛ててローラが送った公開書簡の一節である）、そんな世界へ入り込むことができた。

妻は私とほぼ同じくらい小さな家シリーズの物語を好きになってくれた。彼女自身仲のよい家族に囲まれて育ったためか、ローラの物語に温かさと魅力を感じたようだった。妻は、ローラについて深く知るための私の探索の旅を快く支えてくれた。まるで磁石が別の磁石に否応なく吸い付くように、私はローラの物語にどこまでも引き寄せられるのだ。この探索の旅はこれからも、そして生涯続くであろう。なぜなら永遠に価値のあるものはかぎりなく魅惑的だからだ。

私は、本書を記すために調査する中、幸いにもデール・コックレル博士が著わした『インガルス・ワイルダー・ファミリー・ソングブック』の「前書き」に書かれた文章を読むことができた。博士も、小さな家シリーズに登場する歌の出典の調査、参考文献目録の作成等を通し、インガルス一家の開拓生活の日々を後世に伝えているが、博士がインガルス一家のことを「偉大なるアメリカ人家族」という印象的な言葉で表現しているのが心に残った。[3]コックレル博士のことは以前から知っていたが、彼がインガルス一家についてそのような印象を抱いていることは知らなかった。

博士はこう記す。「『偉大なるアメリカ人家族』なるものが存在するという考え自体、私たちアメリカ人を常に喜ばせてきた文化的神話と言える。私たちはこれまでの歴史を通し、理想的な家族とは具体的にどのようなものなのか、その姿を追い求め続けてきたのだ。はたして本当にそのような家族が実在するかどうかは怪しいのだが」

私は、博士のこの考えに大きな衝撃を受けた。

私にとっては、長年にわたり、インガルス一家こそが、博士が言うところの「偉大なるアメリカ人家族」であった。今までさまざまな本を通して知り得たどんな家族よりも、『若草物語』に登場するあの素晴らしいジョー・マーチの家族さえもしのぐほど、とうさん、かあさん、メアリー、ローラ、キャリー、そしてグレイスから成るインガルス一家は、私たち皆が大切にし、目指すべき価値観をそっくり体現していると思うのだ。

「偉大なるアメリカ人家族」という神話は、真の神話であると私は信じる。そう断言する理由がある。つまり家族よりまさるものはないからである。「共に祈り合う家族は、強い絆で結ばれる」、「いかに貧しくとも我が家にまさる場所はない」、「家の暖炉の火を絶やしてはならない」、「どこにいてもやがて帰りたくなる場所、それが家」……チャールズ・ディケンズも『骨董屋』という小説の中で、「愛国心は、家庭を愛する心から生じる」と述べているではないか。

もちろんインガルス家の人々は、非の打ち所のない完璧な人たちだったというわけではない。ローラはごく正直に家族に対して自分の欠点を洗いざらい見せていた。物語においても、自分よりも髪が美しく、威張っても親から叱られないよう如才なくふるまうメアリーに、たびたび嫉妬の思いを露わにした。ある時、メアリーのしたことに怒りを爆発させたことでローラのほうが叱られてしまう。メアリーから地味でさえない髪の色や短く上を向いた鼻の形をからかわれ、自分のほうが年上なのだから従うべきだと言われたローラは、つい手を上げてメアリーの頬を叩いてしまうのだ。[4] メアリーは勝ち誇った顔でとうさんに言いつけに行き、とうさんはメアリーの一方的な話にのみ耳を傾け、罰のためローラのお尻を叩いた。

とうさんも常に完璧であったわけではなく、妻の言葉に耳を貸さず自分の考えを押し通すような一面もあった。もし妻の意見を素直に聞いていれば状況が好転することもあったであろうに。とうさんは、かあさんがこれ以上住まいを転々とすることに強く反対していたにもかかわらず、いつまでも開拓者らしく新天地を求めて移動し続けた。また『シルバー・レイクの岸辺で』では、とうさんは馬泥棒のビッグ・ジェリイの良き友人として描かれているし（訳注・『シルバー・レイクの岸辺で』九章「馬盗人」）、『長い冬』では、「畜生」などという言葉を使ってかあさんから非難されもする（訳注・『長い冬』二十二章「寒さと暗闇」）。かあさんにとっては、「畜生」などという言葉は暴言に等しく、こんな言葉を使うなどけっしてあってはならなかった。

こんなふうに見てみると、インガルス一家は、まるであなたの、そして私の家族とそれほど変わらない気がするのだが、いかがだろう。

しかし同時に、恵みと憐みがこの一家にともなっていたことも事実である。ローラはメアリーの「良い子になりすますこと」へのいら立ちを克服し、彼女の心の強さ、そして盲目となってしまったことを前向きに受け入れる姿勢を心から尊敬するようになる。メアリーは自分に起きた不幸を誰のせいにもしなかった。神に文句を言うこともせず、とうさんやかあさん、そして神の愛に心から感謝していた。かあさんも、夫の放浪熱を次第に受け入れるようになっていったのだが、結局のところ、とうさんはデ・スメットに留まり、それ以上先に移動しないと決断した。その後とうさんは治安判事、組合教会を支える主要信徒となり、周りの人々に尊敬された。

もちろん、年月を経るにしたがって、この小さな家族はそれぞれに優先すべきことができて、離れて暮らすようになっていった。ローラ夫妻は、アルマンゾの健康を考え、南へ移動しオザークに家を構えたが、他の家族はサウスダコタ州に残った。その後も彼らは、特にローラがミズーリ・ルーラリスト紙に記事を寄稿するようになってから親密に連絡を取り合ったようだ。ローラの妹のキャリーは、ローラのある記事を読んだあと、こんな意見を寄せている。「私たち家族のことを表現するとき、『一族』という言葉を使ってほしいの。『親戚』とか『親類』なんて言葉じゃあ、私たちの関係は言い表せないわ」[5]と。

ローラの書いた記事を読むと、ローラが母キャロラインとこまめに手紙のやりとりをしていたことがわかる。ローラは母からの手紙をとても大切にしていた。ローラは母への手紙の中で、ある時、娘のローズと母キャロラインから同時に手紙を受け取り、自分が娘であるとともに母親でもあることに突然気づいて、どちらの立場にも素晴らしい報いがあると思ったと記している。[6]

私たちは、ローラの豊かな経験や深い思い巡らしを通し、他者の失敗を忍耐すること、災難が襲っても勇気をもって一からやり直すこと、私たちの未来を御手のうちに握っておられる神はご自身の子どもたちの不幸をけっして願ってはいないと信じること等、今も多くのことを学ぶことができる。

ローラとアルマンゾが結婚して間もない頃、道の向かい側に住んでいた男が頻繁に二人に物を借りに来た。[7] ところが彼のほうはといえば、購読している農業新聞をけっしてローラたちに読ませてはくれなかった。その新聞にはローラたちにとって役立つ情報が書かれていたにもかかわらず。自分の新聞を他人に貸すことは絶対にしない、そう言い放つその男は実に腹立たしい存在ではあったが、いざアルマンゾとローラが重い病に倒れると、二人のために力になってくれた。ローラが「スケルトンさん」と呼ぶその人物があまりにユーモラスなので、彼について記したローラの文章をそのまま引用する。

「スケルトンさんはよく物を借りに我が家へやってくるものの、ちっとも返しにこなかった。……スケルトンさんは、工具、農機具、回転研磨盤、砥石《といし》、馬具、鞍《くら》、それに加え食料品、台所用品まで借りに来たものだ。

　ある日のこと、スケルトンさんは肉の解体をするために湯を沸かしたいとやらで、金属製湯沸かし器を借りに来た。それから数分もしないうちに洗い桶を借りに訪れ、その後、肉切り包丁二本、包丁研ぎ器、バケツを数個、屠殺するブタを寝かせるための板、火をおこすためのマッチ数本を、すべて一度にではなく、ご丁寧に一つひとつ借りにやってきてはその都度自宅と我が家を往復する。しばらくして、ふたたびスケルトンさんがやってきた。湯を沸かしているあいだに塩を取りにやってきたのだ。我が家の家畜小屋には太ったブタが一頭いる。もしやスケルトンさんは我が家のブタまでも借りに来るのでは、と期待半分心配半分で待っていたのだが、幸いブタだけは自前で済ませたようだった[8]」


　しかし、ローラは後に「スケルトンさん一家は、私たちが本当に助けを必要としたとき、親切に手を差し伸べてくれた」ことを認めている。

　開拓生活は、他者の欠点や弱点を忍耐し我慢することを、常に学ぶ生活であった。

　さらに開拓生活は、後ろのものを忘れ新しくやり直すことを、常に学ぶ生活でもあった。西部未開拓地への大移動にともない、希望を胸に大勢の開拓者が土地を求めて入植し、借金をし、借金返済に失敗し、次の土地を求めてまた移動し、ふたたび一からやり直した。小さな家シリーズの物語の記述ととうさんの実際の経歴は多少異なるが、とうさんは最終的にデ・スメット近くに定住するまで、少なくとも五、六回は引っ越しを繰り返したようだ。具体的に言うと、まずカンザス州に移動し、ウィスコンシン州の大きな森へ戻り、そこからミネソタ州へ移り、アイオワ州に避難した後、ふたたびミネソタ州へ戻り、最後にデ・スメットに落ち着いたのである。ローラの物語は、書きようによっては悲劇の物語ともなったのだが、けっしてそのようには描かれなかった。なぜならローラの心には神に信頼する信仰が息づいていたからである。未来は今よりも必ず良くなる、ローラはそう信じていたのだ。

アルマンゾとローラはマンスフィールドに到着し、百ドル紙幣を紛失したことに気づいて焼け付くような苦悩を経験した後、それを見つけ取り戻すことができたことが一つの転機となった。彼らはまず数万平方メートルの土地を購入して農地を開拓し、やがてその数百倍の広さにまで土地を拡げたのである。オザークの住民の中ではかなりの土地を所有するまでになったのだ。

アルマンゾとローラは丘の上に住み、やがて重力送りの給水器、電気、そして二人がけっして追い求めてなどいなかった世界的名声まで手に入れることができた。ローラは、メソジスト教会の働きに参加し始め、過去を振り返ることなく前進し続けた。ローラは次のように記している。「困難に出会いこれを克服しようと挑む精神ほど力強いものはない……。いついかなるときも、良き闘いをなすための祈りをささげながら。主よ、目の前に置かれた出来事に対処する力を与えたまえ、と」[9]

一九五七年二月十日、著名な作家であり開拓者であったローラ・インガルス・ワイルダーは九十歳でこの世を去った。彼女の近くには、注釈付き家庭聖書、そして彼女の好きな聖句のリストが置かれていた。その中のひとつ、ローマ人への手紙八章三十五、三十七〜三十九節には次のように記されている。

「だれが、私たちをキリストの愛から引き離すのですか。苦難ですか、苦悩ですか、迫害ですか、飢えですか、裸ですか、危険ですか、剣ですか。……しかし、これらすべてにおいても、私たちを愛してくださった方によって、私たちは圧倒的な勝利者です。私はこう確信しています。死も、いのちも、御使いたちも、支配者たちも、今あるものも、後に来るものも、力あるものも、高いところにあるものも、深いところにあるものも、そのほかのどんな被造物も、私たちの主キリスト・イエスにある神の愛から、私たちを引き離すことはできません。」

かくして彼女の長い旅は終わりを告げたのであった。霊的遺産という宝物を私たちに残して。

付録1・古き時代のデ・スメットを振り返る

一九三九年、ワイルダー夫妻は初代入植者を記念する祝賀会に出席するためにデ・スメットを訪れた。この祝賀会は、一八八〇〜八一年の厳しい冬の時期、ローラの父チャールズ・インガルスが初代入植者として認定された町の創立を祝う会であった。[1] その年、八十二歳と七十三歳であったアルマンゾとローラが、当時まだ道路も舗装されておらず標識もろくに立っていないにもかかわらず、なぜ思い切って旅に出ようとしたのかは定かではないが、とにもかくにも彼らは勇気を出して出かけたものの、実際、その旅の初日に三度も道に迷ってしまったのだった。[2]

後にローラは、この旅についてクリスチャン・サイエンス・モニター紙に記事を寄稿、デ・スメットで開催されたこの祝賀会が旅のハイライトであったと記している。[3] 他にも思い出に残る出来事がいくつかあったものの、どこかもの悲しい思いを抱いた旅でもあった。小さな家シリーズの登場人物の中でも傑出したキャラクターの持ち主であるキャップ・ガーランドが亡くなっていたことがわかったのだ。厳しい冬に町を飢えから救うため、ある農夫から種小麦を買う目的でアルマンゾと共に雪の中を出かけて行ったこの勇気ある青年は、蒸気で動く脱穀機の爆発事故に遭い命を落としていた。当時、よくこうした農機具による事故が起こり、開拓者たちにとって不運な出来事につながった。

アルマンゾの家族は全員デ・スメットから引っ越していた。アルマンゾの兄、ロイヤルはデ・スメットを去った後ミネソタ州で店を営み、『大草原の小さな町』でローラと対立した学校教師のイライザ・ジェイン・ワイルダーは結局入植を諦め、気候の温暖な地へと移っていった。[4]もし当時の開拓者が現代の気象予測技術の恩恵を受けることができていたら、自分たちが農地を開拓しようとしていた土地が、いかに気候的に厳しい地域にあるかわかったはずなのにと思う。

しかし、当時は国立気象局もなく、彼らが伝統作物を育てるにはひどく不向きな干上がった土地に移り住もうとしているのだと警告してくれる機関は、どこにもなかった。鉄道の広告はむしろ西部に行くよう励ましていたくらいであった。入植者たちが干ばつと呼んでいたのは、実は、異常に雨量の多い時期のあと、反動のようにして訪れる気候のことであり、これはダコタ周辺特有の気象パターンであった。多くの入植者は何年ものあいだこれに振り回され一文無しになってはじめて、この地域の気候を把握したのである。

ともあれ、ローラとアルマンゾが再訪したデ・スメットは、彼らが記憶していた町とはかなり様子が変わっていたようだ。

「私たちが知っていたあの小さな町は、もうどこにも存在しない。代わりにあるのは、北は線路の先まで、東は湖の岸辺、南は大きな湿地がかつてあった場所、そして遠く西に広がる大きな町である。かつてあったこじんまりした校舎は、大きなレンガ造りの立派な建物に取って代わられた。

大通り沿いには、平屋の建物にその倍の高さの正面外観を備えたかつての古い店に代わり、洗練された店舗が並ぶ。

とうさんが小さな事務所を構えていた場所には、大きなレンガ造りの銀行があった。その建物から少し先に行ったところにあるホテルの一室を取った。

翌朝私たちが朝食をとっていると、二人の男性がしげしげと私たちを観察しながらテーブルの横を通りすぎたが、すぐに引き返してきた。

『やあ、ローラ』声をかけられたので驚いて見上げると、背の高い男性が黒い目で私に笑いかけている。

『たしかに私はローラですけど、あなたはどなた?』そう尋ねると、『サムですよ』と彼は答えた。『あなたがローラだって、すぐにわかりましたよ』

それを聞いて私はすぐに思い出した。彼はかつてのクラスメート。共に学んだグループにいた年下の男の子のひとりだった[5]」

ローラたちはさまざまな場所を訪ねるにつれ、昔の記憶がどんどんよみがえったようだ。とうさんをはじめとするインガルス家の人々は、町を創立した初代の住民であるだけでなく、教会の創立にも大きく貢献し、最初の礼拝は彼らの家で行われたという記録が町の新聞に残っている。[6]

一九三〇年六月に開催された「大草原の小さな町」創立五十周年祝賀会は、関係委員およびデ・スメット紙の指揮のもとに行われた。ローラとアルマンゾの出席はかなわなかったが、五十年も前に入植した人々が町で再会する情景を思い浮かべたローラは、創立当時の町の美しい景色を懐かしみつつ、一遍の詩を作った。ローラはその詩を、祝賀会の開催に合わせて新聞に寄稿したのだった。

ダコタの草原[7]

はるか昔、初めて見たあの草原の風景を
今も心に浮かべない日があろうか
すっぽりと茶色に覆われ、所々朽ち葉色に染まり、また黄金色に輝く
果てしなく続くあの草原を

草原は、北へ南へ、東へ西へとなだらかに続き
東を見やれば、そこには豊かな紫の影
西を見やれば、そこには燃えるような夕陽
人の気配はみじんもない
そこはまだ人の領地ではなく
あるのはただ、あの頃草原を闊歩《かっぽ》していた
バイソンの群の足跡のみ
空を覆う真鍮《しんちゅう》の椀に
雁《がん》の鳴き声が反響する
やがてくる嵐をすり抜け、安らかに憩うため
南へと旅立つ雁の群
風が草を撫でつつ、ささやきながら向こうへすべり行く
それに応えて草もささやき返す
はるか水平線のその先に、太陽がどっぷりと沈み
星々の光にくっきりと浮かぶ草原の輪郭

カーター・P・シャーウッドはデ・スメット紙の敏腕編集者で、後に後継者となった息子

オーブリーと合わせると、父子で九十年以上、この新聞社の経営に携わってきた。カーター、オーブリー父子は、優れた郷土史家でもあった。オーブリーが父から新聞社を引き継いだとき、郷土史調査のため、ローラと頻繁に手紙のやりとりをした。ローラは、草原に一夜にして町ができたかのような当時の様子を、詳細にオーブリーに伝えた。以下に記すのはカーター、オーブリー父子の経営する新聞社が、デ・スメット紙、デ・スメット・リーダー紙、また後にデ・スメット・ニュース紙と名前を次々と変えながら発行してきた新聞の記事から抜粋したものである。インガルス一家がどのように教会の創立に関わったかについての情報は、新聞の保存記録から得ることができる。

「『インガルス氏はデ・スメットの初代住民——一八七九年、氏は鉄道会社の計時係として家族と共にシルバー・レイクに居住、その後町中に移動』

鉄道会社の計時係であり町役場の書記官であった人物がデ・スメットの初代住民となり、町に留まりその発展のために熱心に貢献した。その人物は生涯家族と共にこの町に住み続け、ここを自分たちの故郷とした。その人物こそがチャールズ・P・インガルスである。

キングスベリー郡およびデ・スメットの開拓のために多大なる功績を残したインガルス氏は、さまざまな分野において第一人者となった。インガルス氏は、家族を伴っての初めての入植者となり、おそらくこの町に家族で家を構えた最初の人物、そして最初の治安判事、最初の町役場の書記官であった。

インガルス夫妻は家族を伴い、鉄道の発車駅となるミネソタ州、トレーシーから現在のブルックリンの辺りまで移動した。インガルス氏は、夫、そして父親として家族を養うため、工事現場で帳簿係、計時係として働いた。これは一八七九年の初め頃のことであった。やがてこの年の夏の終わりに工事現場が西に移動するのにともない、インガルス一家もブルックリンからシルバー・レイクの岸辺付近に住まいを移した。その頃、シルバー・レイクはたっぷりと水をたたえ、さまざまな野生の水鳥、たとえばアヒル、ハクチョウ、カモやペリカンなどが生息していた。

インガルス氏の子どもたちは、二年前に亡くなったメアリー、ミズーリ州マンスフィールド在住のローラ（マンリー・ワイルダー夫人）、マンチェスター在住のグレイス（ネイト・ドウ夫人）、そしてキーストン在住のキャリーである（D・N・スウォンジー夫人）。

スウォンジー夫人の話によれば、工事現場は忙しく活気にあふれ、夜になると大勢の馭者《ぎょしゃ》や工夫の団体が、もうもうたる土埃、大きな叫び声、そして元気に駆け回る馬と共に帰宅した。そしてそれは、子どもたちが急いで夕食をとりベッドに入る合図でもあった。工夫たちは、所属する組同士ライバル意識があり、馬の足から泥を削り落とす技術についてまで競い合っていた。当時の工事現場には素晴らしい馬が何頭もおり、時々馬泥棒が出没して優れた馬を盗んで行くこともあったため、昼間に来客があった日の夜は男たちが自分の馬のそばで寝ていたそうだ。

秋になると工事現場は閉鎖され、測量技師や工夫たちは東部に戻って行ったため、インガルス一家は工夫たちが建てた掘立小屋に移り住み、インガルス氏は冬のあいだ鉄道会社の雑務をこなした。一家は会社の工事現場に残された食糧を買い取って生活した。その食糧の中には、ハードタックと呼ばれる塩味のついていない堅パンも含まれていた。

一八七九年から一八八〇年にかけての冬は非常に温暖で、ミズーリ州マンスフィールド在住のワイルダー夫人の手紙によると、クリスマスの時期にR・A・ボースト夫妻が訪れ、インガルス一家の家からすぐ近くの小さな家で住むことになったとのこと。[原文ママ]その家で、ボースト夫妻は、元旦に『デ・スメットそしてレイク・プレストンの全住民』を招いてもてなした。

その日、この二つの町(どちらの町も現存している)の『全住民』とは、インガルス一家、そしてプレストン・レイクの岸辺に住んでいたウォルター・オグデンという独身男性のことであった。ボースト氏は、この日のことを話題にするたびに、とても暖かい一日で、家の扉を開け放していたと語っていた。

インガルス一家の家は、当時の入植希望者たちの宿泊所として開放され、一家は立ち寄った旅人をできるかぎりもてなした。実際のところ、最初の年は、一家の家はまるでホテルと化していた。またここで初めて信仰的な集まりが持たれ、この一家は町の初期の歴史において信仰の発展に大きく貢献した。このことについては、本紙の別の記事に記すこととする。

スウォンジー夫人は、インガルス家の子どもたちがまだ幼い頃、この町に移って最初に迎えた春の季節の様子を手紙にこう記している。『少しずつ暖かくなるにつれて、野生のアヒルやカモがやって来るようになりました。ある朝早く、あんまり外が騒がしいので、私たちは家の扉を開けて外に飛び出しました。するとたくさんの野生のカモが湖の上を泳ぎ、バタバタと羽で水をはじき返し、互いにおしゃべりするように鳴いていました。両親の話では、カモたちは自分の結婚相手を探しているとのことでした。そういえばその日は奇しくもバレンタインデーでした。私たちは毎朝湖を眺めました。風が湖の上をなぞるように吹くと小さなさざ波が立ち、そこには野生のアヒルやカモ、そして時々ハクチョウもいました。それは私たち子どもにとって、忘れることのできない光景でした』

スウォンジー夫人はさらにこう続けている。『春の訪れとともに、測量技師たちも戻ってきました。とうさんは彼らとよく出かけて行きましたが、ある日、町の見取り図ができた、と言うのです。夕食のあと、現在は裁判所の東にある丘のてっぺんに行って町を眺めてみると、たくさんの棒が地面に立っているのが見えました。家に帰って母にそのことを報告すると、棒のあるところに、家や店、学校、そして教会が建てられるのよと教えてくれました』

インガルス氏は、鉄道会社の管理人の仕事を退いた後町に移り住み、現在小さな商店のある狭い土地に家を建てたが、のちにそこをE・H・カウス氏が金物屋を始めるために買い取った。インガルス氏はそこから斜め向かいの角の狭い土地にふたたび家を建て、そこに家族で住んだ。インガルス氏は、この地区で最初の治安判事の一人となり、第一回目の裁判は、インガルス家の居間で行われた。教会の礼拝もここで行われた(編集者注・一八八〇年の正式な記録によれば、この年の四月にE・W・スミス氏が治安判事に選出されたが、五月に別の土地へ越して行ったため、その後をインガルス氏が引き継いだ)。

ローラ・インガルス・ワイルダー夫人は、手紙の中で、彼女の夫は一八七九年に自分の払い下げ地に住んでいたのだが、冬のあいだは『都会的な』場所に戻ったため、二人が出会うのはもっと先のことであったと記している。ローラ・インガルス・ワイルダー夫人の夫は、一八八〇年から八一年の冬を、インガルス一家と同じようにデ・スメットで過ごした。

スウォンジー夫人は、手紙をこう締めくくっている。『細かいことは記憶から抜け落ちてしまいましたが、あの頃の印象は今も心に残っています。あの時代、開拓者たちは、未来を築くため、そしてただの町ではなく素晴らしい町を建て上げるために、しっかりとした絆で結ばれていました。あの厳しい冬のこと、麦をコーヒーミルで挽いて粉にしたこと、雪や激しく吹く風のこと、町じゅうが一つの仲間として結束していたことなど（訳注・『長い冬』に描かれる）、私よりも詳しく話すことのできる人は他にきっといると思います』

インガルス一家はそこを去って数年のあいだ、町から南東にある農場に住んでいたが、その後ふたたびデ・スメットに戻り、三丁目に居を構えた。そしてインガルス夫妻はどちらもこの町で生涯を閉じた」[8]

「『デ・スメット開拓教会も、今年創立五十周年を迎える』

キングスベリー郡およびデ・スメット近郊の町が創立され発展していく上で、教会の働きが大きく寄与した。一九三〇年の今年は、郡庁所在地に最初に建てられた教会の創立五十周年の年でもある。

教会の創立当時の記録は残念ながら存在しないが、教会の代表役員が、この町の最初の住民の一人であるチャールズ・P・インガルス夫人の残したメモの助けを得ながら、教会の歴史を明らかにした。

この町にできた最初の教会は、一八八〇年六月二十日に創立したデ・スメット第一組合教会である。……

一八八〇年二月二十九日、シルバー・レイク近くのインガルス家において初めての礼拝が持たれた。この礼拝の司式をしたのはE・H・オルデン牧師であった。オルデン師は、ダコタ準州において組合教会宣教局長スチュワート・シェルドン牧師の元で働いており、一八八〇年の初めの半年間、この地区の宣教を任されていた。この礼拝の出席者は、C・P・インガルス夫妻、メアリー、ローラ、キャリー、グレイス、R・A・ボースト夫妻、T・H・ルース、A・W・オグデン、オーコネル、ウィリアム・オーコネル他、合計二十五人であった。

オルデン牧師はさらに西部へと移動していたのだが、四月いっぱいまでインガルス家で持たれていた礼拝を司るため、この地に戻ってきたのだった。五月になると、一部完成した駅舎で礼拝が持たれるようになり、H・G・ウッドワース牧師が代理として時々司式をするようになった。

五月に入るとオルデン師はこの地区の宣教の務めから退き、エドワード・ブラウン牧師が後任となった。このブラウン師が、一八八〇年六月二十日に、未完成の駅舎を集会場所とし、デ・スメット第一組合教会を創立したのである。この時の教会員は、C・P・インガルス夫妻、メアリー、エドワード・ブラウン牧師夫妻、S・N・ギルバート夫妻そしてV・V・バーンズで、全員他教会からの転会者であった。バーンズが代表役員として選出された。

マレリー氏によると、この教会について残されている次の記録は、十月六日に持たれた集まりに関するものである。この時、宗教法人化に関する条項が出席者により承認された。出席者は、バーンズ、ブラウン、S・C・シャーウィン、C・L（キャロライン・レイク）・インガルス、オービル・シャーウィン、メアリー・インガルス、そしてC・P・インガルスである。教会が無事に宗教法人化されてから初めての定期集会が、一八八〇年十月九日午後三時にバーンズの家で持たれ、バーンズ、インガルス、そしてS・N・ギルバートが役員として選出された。宗教法人化に関する書類はヤンクトンへ郵送にて提出され、一八八〇年十一月十日、その区域の担当長官より、教会に対し、宗教法人設立認可証が授与されたのである[9]」

教会のために奉仕する

デ・スメットの人々は、信仰的な集まりを始めるのに誰かがきっと手助けしてくれるにちがいないと期待し、黙って手をこまねいているような人たちではなかった。西部に住む人々は、緻密ではないけれど行動は早く、何でも自力で始めようという人たちであった。その結果、彼らはわずかな資金を手に教会をスタートさせたのである。初めの頃は、信徒の家や鉄道の駅舎で礼拝がささげられ、駅長自身が牧師としての役割を果たすこともあった。『シルバー・レイクの岸辺で』に、当時の礼拝の様子が記されている（訳注・『シルバー・レイクの岸辺で』二十三章「『巡礼の道にあるもの』」）。

組合教会の信徒は、積極的に西部に移動したため、組合教会会堂建築協会は、地域の信徒たちが希望すれば会堂建築のために五百ドルの貸し付けをした。一八八一年のことである。地域の信徒たちから集められた献金は二百ドルしかなかったが（それでもかなり多額である）、一八八二年には、とにもかくにも会堂建築に向けて動き出したのだった。時間を無駄にはしたくなかった彼らは、ただ信仰によって突き進んだのである。

当時の信徒たちには、教派を超えて一致しようというエキュメニカルな精神があり、組合教会の人々は、メソジスト派やバプテスト派の信徒たちがそれぞれ会堂を持てるようになるまで、自分たちの会堂を礼拝場所として提供した。そのような組合教会の寛容な計らいの影響を受けてか、時々バプテスト教会で、聖公会の礼拝がささげられることもあった。カトリック教会の会堂が火事で焼け落ちたときは、他教派から支援や礼拝場所の提供を受けた。

また時折「合同」礼拝が行われることもあり、共に礼拝をささげたい人は自由に出席することができた。

財政的に厳しい状況は続いたものの、組合教会の人々は一八八四年に百ドルもの費用をかけて会堂に鐘を設置できたことを心から誇りに思った。これが信仰によるささげ物によって実現したことは疑うべくもない。でもやはり注目すべきは、教派を超えて献金が寄せられたということであった。さまざまな派に属する信仰者たちがあまねくささげたことによって、わずかだった基金が十分な額に達したのである。

以下は、一八八三年八月三十日発行のキングスベリー郡新聞からの抜粋文で、後にオーブリー・シャーウッド氏が復刻版として再発行したものであるが、これを見ると、開拓者がいかにエキュメニカルな精神を発揮していたかをうかがい知ることができる。

「教会情報[10]――組合教会のE・ブラウン牧師による礼拝が、日曜日午前十時半～と、午後七時半～に行われているが、四週間に一度はメソジスト教会による礼拝となる。

メソジスト教会のP・L・フッカー牧師の礼拝が教会にて、四週間に一度朝十時半～、受難週に一度、第五日曜日の夜七時半～行われる。

カトリック教会のトーマス・オーリレイ司祭による礼拝が学校の校舎にて、毎月四週目の日曜日十時半～行われる。

バプテスト教会のG・N・アニス牧師による礼拝が組合教会の会堂にて、隔週の日曜日、午後二時～行われる。

合同教会学校は、毎週日曜日午後十二時～、合同祈祷会は毎週水曜日午後七時～行われる」

付録2・ローラの友人、ネタ・シールへのインタビュー

ローラの人生後半七十歳頃から二十年にわたり、彼女が最も親しくしていた友人は、ネタ・シールという女性であっただろう。[1] ネタの夫シラスは、マンスフィールドでガソリンスタンドと自動車修理工場を営んでいた。ネタは夫の商売を手伝う傍ら、貸しアパートの管理や洗濯請負業もしていた。彼女はローラの性格や暮らしぶりついてよく知る一人である。

私がネタをインタビューしたとき、彼女はすでに八十代であった。ありがたいことに彼女の記憶が鮮明であったため、当時のローラに関する思い出話を色々と聞くことができた。そのおかげで「引退後」のローラの様子の全貌を知ることができたと言っても過言ではない。ネタとローラが出会ったのは、一九三〇年代後半のこと。その頃ローラは小さな家シリーズのおかげで有名になっており、まだその続きを執筆している最中であった。

先ほど、ローラの「引退後」と記したのは、農業からの引退という意味である。[2] アルマンゾが一九四九年に死去するまでローラが本当に農業から退いていたかどうか、実ははっきりとはわからない。アルマンゾが亡くなった後、マンスフィールドにあるローラ・イン

ガルス・ワイルダー記念館で最初のキュレーターとなったアイリーン・リチティが、夫の看病のためにしばらく礼拝を休んでいたローラを、ふたたび教会に連れて行くようになった。もう一人の友人イオーラ・ジョーンズ夫人もローラが教会に通う手助けをした。

ネタとローラの出会いは、ローラにとって、友人との交わり、そして休息とくつろぎを得るという意味でとても大切なことであった。作家の暮らしは孤独である。ローラは、一九四五年に物語を書き終えるまでさらに八年間、執筆を行った。継ぎ目なく書き続けるローラにとって、ネタの存在はしばしば息抜きとなった。以下、インタビューにおいてネタが語った内容の一部である。[3]

＊　＊　＊

ワイルダーさんご夫妻との出会いについてお話しするとけっこう長くなりますよ。私たち、デトロイトからここに戻って、ガソリンスタンドを買い取ったんです。当時は、ガソリンスタンドのことをサービスステーションと言ってました。色々とサービスを提供していましたからね。

ある朝、アルマンゾ・ワイルダーさんが車でサービスステーションを訪れたんです。主人がタイヤを点検して、フロントガラスやサイドガラスをきれいに拭き上げて、笑顔でワイルダーさんにこう尋ねました。「ワイルダーさん、さてガソリンはいかがいたしましょう?」って。そしたらワイルダーさん、こう言ったそうなんです。「シールさん、私がガソリンをほんのちょっぴりでも買うかどうかもわからない前から、こんなに色々とサービスしてくれるなんて、あなたときたらなんてお人だ」って。「だってワイルダーさん、あなたの車のガラス、ずいぶん汚れていましたからね。タイヤもかなり空気が抜けてましたし。このくらいお安いご用ですよ」主人はそう答えました。このことがきっかけで、二人は仲良くなったんですよ。

ワイルダーさんはそれ以来、よく立ち寄ってくれるようになりました。ガソリンスタンドに到着すると、まず奥さんを車から出してあげるんです(二人は互いのことをベッシー、マンリーって呼び合ってましたね)。奥さんは、食料品店や銀行、他にも行きたい場所があればどこにでも出かけました。私たちの営んでいたスタンド、おしゃべりをしに人がよく立ち寄ってました。ガソリンやらオイルやら、他にも色々売っていることもあって、ちょっとした寄り合い所みたいになってたんです。ワイルダーの奥さんは、社交的でなかなかユーモアのセンスのある人でしたよ。

おふたりと知り合った頃、ワイルダーさんは足が不自由で杖をついてました。少し足を引きずりながら歩いてましたね。内反足って言うんですか、片方の足が内側に曲がっていて、その足の靴底をかなり厚くしなくてはならなかったようで……。

ワイルダーさんは、馬をみんな売り払ってしまって、もう一頭も所有していませんでした。でも、ヤギは何頭かいたようです。正確な数は覚えていませんけど、四頭、五頭、もしかして六頭くらいかしら。それほど多くいたわけではなかったと思います。みんな乳ヤギで、ワイルダーさんは自分の手で乳搾りをしてました。ワイルダーさんのお宅には家畜小屋がありましてね、小屋の中に小さな台が置かれていて、ワイルダーさんが中に入っていくと、ヤギが自分で台の上に飛び乗るんですって。ワイルダーさんは台の前の椅子に座って乳搾りをするんだそうです。乳搾りが終わったヤギを下ろすと、次のヤギが台に乗ってきて……。でも、そのうち世話が大変になってきて、結局みんな売り払ってしまったみたいです。

ワイルダーさんのお宅ではいつも犬を飼っていました。ベンという名の年老いたブルドックがいて、その子が最後だったみたいです。私たちが知り合ってからずっと、飼う犬は決まってブルドッグでしたね。

ワイルダーさんが飼っていた犬のことで、ちょっと面白い話を聞いたことがあります。その犬、顎にやけどを負ったそうなんです。それがあんまり痛くなると、その犬がワイルダーの奥さんの膝に乗ってきて、「どうにかしてください」と言わんばかりに見上げてくるんですって。奥さんが軟膏を取ってきて顎にしっかり塗ってあげると、膝から下りて、もといた場所に戻るんですって。そのやけども、最後にはちゃんと治ったそうですよ。

ワイルダーの奥さん（私はいつも彼女のことをそう呼んでました）、ご主人を亡くした後は二度と犬を飼おうとはしませんでした。

ワイルダー夫妻と西部へ旅行をする

実は私、ワイルダーさんのご家族ともお会いしたことがあるんですよ。私たち、デトロイトからこちらへ来てガソリンスタンドを買い取って商売をしていたんですけど、ワイルダーさんたちは、お家の周りの道路を直さなくてはならなかったみたい。舗装が必要だったのかしら。私たち、そのことについては何にもお手伝いができなかったですけど、ワイルダーさんはカリフォルニアに旅行するのに、うちの人に運転してもらいたかったみたいで。

そこである日、うちの人が私に、ワイルダーさんたちと一緒にカリフォルニアに旅行する気はないかって聞いてきたんですよ。私、少しのあいだためらってから、こう答えました。

「一緒に長旅をするほど、まだあの方たちのことよく知らないから」って。

「これをきっかけにぐっと距離が縮まるさ。かかる費用は我々の分の食事代と宿泊代くらいだよ。一晩五十セントで泊まれる山小屋があるそうだ」

そういうわけで、私たちは五月の初めにマンスフィールドを出発して、その月の終わりに帰ってきました。

ワイルダーの奥さんと歌う

私たち、旅行中に、短くて面白い歌をずいぶん歌いましたよ。うしろの席でね、退屈しのぎに奥さんと私で歌ったんです。

ウィリー、一緒にワルツを踊りましょう、
こうしてくるくる回ってね！
そうしたらキスしてあげましょう
過ちの埋め合わせにね！
だから一緒にくるくると、
ワルツを踊りましょう[4]！

この歌は奥さんのお気に入りでした。テンポが早いからかしら。私たち、この歌を繰り返し歌いました。もう一つは、「あの娘《こ》の車はキャデラック」っていう歌。

あの娘の車はキャデラック
おれは歩いて職場に行くのにさ

おれの金はあの娘のもの
そう、あの娘にばかり金かけるのさ
あの娘の服買うのもみんなおれ
あの娘がとびきり洒落《しゃれ》者なのは
みんなおれの稼ぎのおかげさ
あの娘の車は赤いフォード
おれにあるのはスケボーだけさ
おれの金はみんなあの娘行き

旅のあいだ、ワイルダーさんは杖を作るための枝を集めてました。一つの州からそれぞれ一本ずつ枝を欲しいと思ってたみたい。ある時車を止めて休んでいると、木を見上げていたワイルダーさんが、杖にするのにちょうどいい枝を見つけたって言うんで、うちの人がワイルダーさんのためにその枝を切ってあげたんです。そのまま車に乗ってその場を立ち去ろうとしたら、「この公園は法律により保護されている」って書かれた看板が立っていて……。ほんと、捕まらなくてよかった。

　ワイルダーの奥さんは、カリフォルニア生まれのカリフォルニア育ちの人を見つけようとしてたようですけど、奥さんが出会う人はみんな他の州出身の人ばかり。ある時、私たちが観光していると、奥さんが興奮したような声で「見つけたわ！　生粋《きっすい》のカリフォルニアの人！」って。その男性、ワイルダーさんのお嬢さんのローズ・ワイルダー・レインさんのお知り合いだったので、ワイルダーさんたち、とてもうれしかったみたい。

帰りはサウスダコタ州のブラックヒルズを通って帰ったので、なかなか大変な道のりでしたよ。奥さんの妹のキャリーさんがキーストーンにあるラシュモア山のふもとに住んでおられたので、私たちは山小屋に宿泊し、ワイルダーさんたちはキャリーさんの家に泊まりました（注・キャリーは、男やもめだった炭坑作業員のデビッド・スウォンジーと結婚した）[6]。

キャリーさんは、奥さんと同じくらいの背丈の、小柄で、とっても感じのいい方でしたよ。この旅行から一、二年あとにマンスフィールドにいらしたとき、私たちもたびたびお会いして、車でオザークの色々な場所にお連れしました。

そのとき、キャリーさんのご主人は一緒ではありませんでした。お亡くなりになったとかで。ワイルダーの奥さんのもう一人の妹グレイスさんも、デ・スメットにまだ住んでいたようです。グレイスさんは、奥さんやキャリーさんよりも背が高かった覚えがあります。グレイスさんはむしろローズさんに似ていました。ローズさんより少しふっくらした感じ、でもけっして太っていませんでした。私たちがワイルダーさんと知り合いになってから、グレイスさんがこちらを訪ねてきたという記憶はありません。

私たちが旅行をしたときには、ワイルダーの奥さんは物語の執筆を終えていたのではないかと思います。全部ではないかもしれないけれど、ほとんど書き終えていたのではないかしら。私、ワイルダーの奥さんから、全巻サイン入りをプレゼントしてもらいました。そのとき、奥さんがこう言ったんです。「この本はけっして人には貸さないでね。読みたければ図書館でも借りられるし、買うことだってできるんですもの。人に貸したりなんかしたら、破かれてしまうし、結局返してもらえなくて、なくなっちゃうの。だからぜったいに人に貸したりしてはだめよ」って。ですからね、私、その言葉を守って、本を人に貸したことは一度もありません。

私たちは、同じ奉仕クラブに所属はしていませんでしたけど、旅のあとすっかり仲良くなって。私はバプテスト教会、奥さんはメソジスト教会と、教会も別々でしたし、私はそもそも社会活動にそれほど積極的ではありませんでしたし。私たちが知り合った頃、ワイルダーさんご夫妻はいろんなことからすっかり退いていた感じでした。ワイルダーさんたちが住んでいた家は近代的でしたよ。家の裏に小さな渓谷があって、そこの湧き水を機械でくみ上げ、家の中の蛇口までパイプでつなげていました。家の水道設備も整っていてトイレも水洗でした。でも、セントラルヒーターは使っていませんでしたね。暖房器はプロパンガスでした。今もこのあたりは天然ガスを使用しません。

ワイルダーさんについて

ワイルダーさんは、農業を辞めてからは、営んでいた店の仕事で忙しくしていたようです。ワイルダーさん、お店をうまく切り盛りしていたみたい。私たちはアパートを建てて、そのうちの一室を自分たちの住まいにして他の部屋を、と言っても二部屋ですけど、貸し出していたんですけどね、ワイルダーさん、何を思ったかそのうちの一室に住みたいと……。

ワイルダーの奥さんが私にこう言ったんです。「マンリーったら、お宅のアパートに移りたいってきかないの。だからね、私、彼にこう言ったのよ。『マンリー、これからあなたの仕事場に行ってちょうだい。仕事場までそっくりアパートに移すことなんてできないでしょう。だからそこにあるものを整理して売ってしまわないといけないわ。引っ越しを考えているなら、その前に、仕事場に行って売る物のリストを作ってきてちょうだい』って」

ワイルダーさん、奥さんからそう言われたあと仕事場に出かけて行って、ずいぶん遅くまで家に戻らなかったみたい。それ以来、ワイルダーさんの口から引っ越しの話は一言も出なくなりました。そう、天に召されるまでね。仕事場も手放すのは、お嫌だったんでしょう。

ワイルダーさんは、家具を作る名人でしたよ。フロリダ州から持ち帰ったというヒノキ材を使って、私たちのためにテーブルを作ってくれたことがありました。今は、ワイルダーさんの家の記念館に展示してもらっています。たくさんの人に見てもらいたいですからね。もう一つ、サッサフラス材でできたアーム部分が幅広の椅子を作ってくれたことも。それも家の記念館に展示されています。まるでワイルダーさんたちが住んでいたときからそこにあったみたいになじんでいますよ。

リンゴ園はいったいどうなっちゃったんでしょうね（注・アルマンゾはオザークで農業を始めた最初の頃、リンゴを育てていた）[7]。リンゴの木が跡形もなくなってしまって。きっと根腐れしちゃったんでしょう。私たちがワイルダーさんと知り合ってから、農場の大半をショーターさんに売ってしまったんです。ワイルダーさんだけで管理するのが難しくなったんでしょうね。ワイルダーさんが「月ごとに収入があるとうれしいんだ。だから支払いは一括じゃなくて月賦払いにしてほしい」と言ったそうで、ショーターさんもそうしていたようですよ。

最期の日々

（注・アルマンゾの死去後、ローラはしばらく悲しみに暮れていた。比較的健康であったが、少しずつ糖尿病が彼女の身体をむしばみ、結果的に彼女を死に追いやった。ローラは、母キャロラインが年老いてからやっていたと同じように、縫い物やかぎ針編み、刺繍などをしながら過ごした。無理が利かず、あまり出歩くことができなくなったため、友人たちが協力して手助けをしていた）。

私たちは毎週日曜日の午後に、ワイルダーの奥さんに会いに行きました。一緒に車でドライブしましたよ。しばらくのあいだ、ワイルダーの奥さんの家にクライスラーがあった気がしますけど、売り払ってしまったみたいですね。

この町に、ハートレーという名前のタクシー運転手がいたんですけど、そのうち、買い物に出かけたりするのに、この人に連絡してタクシーを使うようになったようです。私が、ワイルダーの奥さんを買い物や銀行にお連れしてたんですけど、私もアパートの管理の仕事があって、四部屋を一泊いくらで貸していたから、なんだかんだと忙しくて、そういうこともあって、タクシーを使うようになったみたい。ヘレン・バークハイザーという方が、私のことを本（『ローラの友人、ネタ』）にしてくれたとき[8]、ワイルダーの奥さんのために自分のしたことを一つひとつ振り返ってみたんですけど、私、色々やってあげてたんだなあって、我ながら感心しちゃいました。

ワイルダーの奥さんは、よく本を読んでいました（注・キッチンテーブルの上には愛用の聖書が開いて置いてあった）。でも、目が悪くなってから読書はできなくなりました。ラジオを聞いていたようですが、どんな番組かは覚えていません。奥さんの家にテレビがあったかどうかまでは知りません。

私も、昔ほどいろんなことを覚えていられなくなりました。奥さんがどんな料理が好きだったか、今ではほとんど忘れてしまいましたけれど、ワイルダーさんはご夫妻とも私の作るスイスステーキが大のお気に入りだったのは覚えています。それから、ワイルダーの奥さんがどんな本が好きだったかについてもすっかり忘れてしまいましたけど、よくご家族のことを話していたのは覚えています。特にメアリーさんとグレイスさんのことをね。

ワイルダーの奥さんは、子どもたちからよく手紙を受け取ってました。それもずいぶんとたくさん。最初の頃は、一つひとつにお返事を書いていたようですけど、だんだんと目が見えなくなってしまって、糖尿病のせいでね。ですので、学校の先生に手紙を書いて、生徒たちに読んでもらうようにしたみたい。なんとはるばる日本からも手紙が届いたようですよ。

それ以来、たくさんの日本人がマンスフィールドの彼女の家を見に訪れて。ある夏なんか(一九九一年)、ここを題材に映画を撮るとかで、この小さな町の頭上にヘリコプターが飛んでいました。農場や学校の写真も撮影していましたよ。

ワイルダーの奥さんとお嬢さんのローズさんは、手紙や電話でよく連絡を取り合っていました。たしか、ローズさん、お父さんの葬儀には間に合わなかったと思います(注・ローズと父親との関係は良好で、むしろ母親とよくけんかしていたことを考えるとこれは意外である)。スプリングフィールド病院に入院していたワイルダーの奥さんの病状がいよいよ深刻になったとき、お嬢さんがこちらに来られました。

私たちが奥さんを見舞いに行くとき、必ず奥さんの家の井戸から水をくんで持っていきました。ええ、水差しに入れてね。病院の水は嫌いだったので。

ワイルダーの奥さんは、ご夫妻で建てた家に戻ってまもなく、天に召されたんです（注・一九五七年二月十日）。

おわりに

以下、本書『大草原の小さな家で――ローラ・インガルス・ワイルダーの生涯と信仰』の出版のためにご協力いただきましたすべての皆さまに心よりの感謝をささげます。

ベストセラーである『大草原のローラ物語――パイオニア・ガール』より、引用文を快く掲載することを許可してくださったサウスダコタ歴史協会出版および取締役社長であるナンシー・コウパル氏に御礼申し上げます。また、そのためにさまざまなご労をとってくださいましたジェニファー・マッキンタイヤー氏に感謝します。

ナッシュビル公立図書館、ブレントウッド公立図書館、ウィリアムソン郡公立図書館の司書ならびに職員の皆さまのご協力に感謝します。

写真の掲載を許可してくださいましたハーバート・フーバー大統領図書館の視聴覚資料管理者、リン・スミス氏に感謝します。

デ・スメット新聞社および取締役社長であるデイル・ブレーゲン氏には前社長オーブリー・

シャーウッド氏に関する情報をご提供いただき感謝します。

ミズーリ・ルーラリスト紙のスタッフの皆さまには、一九一一年から一九二四年にかけてA・J・ワイルダー夫人が御紙に書いたコラム記事についてさまざまなご教示をいただき感謝します。

ワイルダー夫人が新聞に寄稿したコラム記事の完全版として『農業ジャーナリストとしてのローラ・インガルス（*Laura Ingalls Wilder, Farm Journalis*）』を出版してくださったミズーリ大学新聞社に感謝します。ローラ・インガルス・ワイルダーは、この記事の執筆をきっかけに創造性豊かな文章を書くジャーナリストとして歩み始めたのでした。

ローラ・インガルス・ワイルダー記念協会の会長テッサ・フラック氏には、協会のウェブサイトからチャールズ・インガルスの死亡記事を引用させていただくことをご許可いただき感謝します。

マンスフィールド・ミラー新聞社のラリー・デニス氏には、貴重な写真の掲載をご許可いただき感謝します。

サウスダコタ州デ・スメットへ旅行中、写真撮影に協力してくれた義父ロビン・L・キュアニーに感謝します。

ローラ・インガルス・ワイルダー記念館の館長ジーン・コーデイ氏とスタッフの皆さまには、所蔵写真の一部を掲載することをご許可いただき感謝します。

「教会持ち寄りパーティー」の章に記したレシピを実際に台所で試し、当時の料理の味をそのままに、材料や調味料の配合を現代に合うよう調整してくれた、愛する妹ジェイン・ハインズに感謝します。

本書の編集面でたくさんの有益な提案や修正をしてくれた、テネシー州ナッシュビルにあるジョン・オバートン高校の元図書館司書であり、私の妻グウェンドリン・ハインズに感謝します。

原稿の編集、校正をしてくれた娘メーガン・ハインズに感謝します。

原稿をより良いものに作り上げるためにご指導くださいましたウォーターブルック社の編集主任ブルース・ニイグレン氏、制作担当編集者キャシー・モージャー氏に感謝します。

原注

はじめに

1 Quoted in Stephen W. Hines, ed., *Laura Ingalls Wilder, Farm Journalist: Writings from the Ozarks* (Columbia: University of Missouri Press, 2007), 236.

2 A personal memory corrected by research: Scott Vogt, "Buffalograss:Five Keys to a Successful Planting," Dyck Arboretum of the Plains, June 3, 2015, http://dyckarboretum.org/buffalograss-five-keys-successful-planting/.

3 Pamela Smith Hill, *Laura Ingalls Wilder: A Writer's Life* (Pierre: South Dakota State Historical Society Press, 2007), 136–37.

4 Information from the Sullivan County, Indiana, courthouse archive, family history section.

第1章　開拓者の信仰

1 Quoted in Stephen W. Hines, ed., *Laura Ingalls Wilder, Farm Journalist: Writings from the Ozarks* (Columbia: University of Missouri Press, 2007), 255.

2 ジョン・E・ミラー『ローラ・インガルス・ワイルダー伝——「大草原の小さな家」が生まれるまで』（*Becoming Laura Ingalls Wilder: The Woman Behind the Legend*）徳末愛子訳、リーベル出版、二〇〇〇年

3 右同書

4 ローラ・インガルス・ワイルダー『大草原のローラ物語——パイオニア・ガール』（*Laura Ingalls Wilder, Pioneer Girl: The Annotated Autobiography*）パメラ・スミス・ヒル編、谷口由美子訳、大修館書店、二〇一八年

5 右同書、七三頁

6 ローラ・インガルス・ワイルダー『大きな森の小さな家』（*Little House in the Big Woods*）恩地三保子訳、福音館書店、一九七二年、一三二頁

7 Dale Cockrell, ed., *The Happy Land Companion* (Nashville: NDX Press, 2005), v.

8 Sanford Fillmore Bennett, "Sweet By and By," in Cockrell, *Happy Land Companion*,（訳注・『讃美歌』四八八番）

9 Narration by Mose Case, 1863; performed by Riders in the Sky, "*The Arkansas Traveler*," *The Arkansas Traveler: Music from Little House on the Prairie*, produced by Butch Baldassari and Dale Cockrell, Cackle & Splash Music, 2006.

10 Cockrell, *Happy Land Companion*, 10–13.

第2章 約束の地を目指して

1 ローラ・インガルス・ワイルダー『この楽しき日々』(*These Happy Golden Years*) 谷口由美子訳、岩波書店、二〇〇〇年、二三九頁

2 ジョン・E・ミラー『ローラ・インガルス・ワイルダー伝——「大草原の小さな家」が生まれるまで』(*Becoming Laura Ingalls Wilder: The Woman Behind the Legend*) 徳末愛子訳、リーベル出版、二〇〇〇年

3 Sallie Ketcham, *Laura Ingalls Wilder: American Writer on the Prairie* (New York: Routledge, 2015), 32.

4 ローラ・インガルス・ワイルダー『大草原のローラ物語——パイオニア・ガール』(*Laura Ingalls Wilder, Pioneer Girl: The Annotated Autobiography*) パメラ・スミス・ヒル編、谷口由美子訳、大修館書店、二〇一八年、一五八～一五九頁

5 2と同書

6 ローラ・インガルス・ワイルダー『大草原の小さな町』(*Little Town on the Prairie*) 谷口由美子訳、岩波書店、二〇〇〇年(訳注・十七章「親睦会」参照)

7 2と同書、六九頁

8 新聞記事「デ・スメット開拓教会も、今年創立五十周年を迎える」*De Smet News*, June 6, 1930.(訳注・本書二五六頁参照)

9 Stephen W. Hines, ed., *Little House in the Ozarks: The Rediscovered Writings* (Nashville: Thomas Nelson, 1991), 169–170.

10 William Holtz, *The Ghost in the Little House: A Life of Rose Wilder Lane* (Columbia: University of Missouri Press, 1993), 41.

11 ローラ・インガルス・ワイルダー『わが家への道――ローラの旅日記』（*On the Way Home*）谷口由美子訳、岩波書店、二〇〇〇年、一三四頁

第3章 信仰の同志

1 Quoted by Laura Ingalls Wilder in an October 1920 *Missouri Ruralist* column.

2 Stephen W. Hines, *"I Remember Laura"* (Nashville: Thomas Nelson, 1994), 224.

3 Pamela Smith Hill, *Laura Ingalls Wilder: A Writer's Life* (Pierre: South Dakota State Historical Society Press, 2007), 89.

4 ローラ・インガルス・ワイルダー『農場の少年』（*Farmer Boy*）恩地三保子訳、福音館書店、一九七三年（訳注・八章「日曜日」参照）

5 マタイの福音書一一章一九節

6 ローラ・インガルス・ワイルダー『大草原の小さな町』（*Little Town on the Prairie*）谷口由美子訳、岩波書店、二〇〇〇年（訳注・二十三章「また学校が始まった」参照）

7 ローラ・インガルス・ワイルダー『大草原のローラ物語――パイオニア・ガール』（*Laura Ingalls Wilder, Pioneer Girl: The Annotated Autobiography*）パメラ・スミス・ヒル編、谷口由美子訳、大修館書店、二〇一八年

8 Aubrey Sherwood, *Beginnings of De Smet* (De Smet, SD: Aubrey Sherwood, 1979), 24.

9 John E. Miller, *Laura Ingalls Wilder and Rose Wilder Lane: Authorship, Place, Time, and Culture* (Columbia: University of Missouri Press, 2008), 52.

10『ローラからのおくりもの』(*A Little House Reader*) ウイリアム・アンダーソン編、谷口由美子訳、岩波書店、一九九九年

11 Stephen Hines, ed., *Saving Graces: The Inspirational Writings of Laura Ingalls Wilder* (Nashville: Broadman & Holman, 1997), 145–48.(訳注・ローラ・インガルス・ワイルダー『大切なものはわずかです。』〈抄訳版〉スティーブン・ハインズ編、結城絵美子訳、いのちのことば社、二〇一三年。ただし、本書参照章は未収録)

12 10と同書

13 ローラ・インガルス・ワイルダー『この楽しき日々』(*These Happy Golden Years*) 谷口由美子訳、岩波書店、二〇〇〇年、三二七頁

第4章 草原を覆う陰

1 Quoted in Stephen W. Hines, ed., *Laura Ingalls Wilder, Farm Journalist: Writings from the Ozarks* (Columbia: University of Missouri Press, 2007), 50.

2 Pamela Smith Hill, *Laura Ingalls Wilder: A Writer's Life* (Pierre, SD: South Dakota State Historical Society Press, 2007), 61.

3 Stephen W. Hines, ed., *Little House in the Ozarks: The Rediscovered Writings* (Nashville: Thomas Nelson,

1991), 138.

4 "Ole Edvart Rölvaag," *Encyclopedia of World Biography*, Detroit, MI: Gale, 1998, http://link.galegroup.com/apps/doc/K1631005652/SUIC?u=tel_s_tsla&xid=38b7d930.

5 Henry Steele Commager, "The Literature of the Pioneer West," *Minnesota History*, 8, no. 4 (December 1927): 319, 325–26.

6 Neva Harding, *I Recall Pioneer Days in South Dakota* (Brookings, SD: The Woman's Club and The Saturday Literary Club, 1972), 3.

7 Harding, *I Recall Pioneer Days in South Dakota*, 3.

8 Harding, *I Recall Pioneer Days in South Dakota*, 9–10.

9 Harding, *I Recall Pioneer Days in South Dakota*, 9–10.

10 Hill, *Laura Ingalls Wilder*, 149–52.

11 William Shakespeare, *Hamlet,* act 1, scene 3, line 566.

12 W. E. Henley, "Invictus," in *Adventures in Reading,* ed. Evan Lodge and Marjorie Braymer (New York: Harcourt, Brace: 1958), 209.（訳注・『現代英米詩選』〈浦瀬白雨訳　紅玉堂書店　一九二三年〉に「打ち勝たれぬ心」として邦訳が収録されている。本文は中嶋典子訳）

13 Hines, ed., *Little House in the Ozarks*, 138–39.

14 Hines, ed., *Little House in the Ozarks*, 225.

第5章 マルタとしても、マリアとしても

1 Quoted in Stephen W. Hines, ed., *Laura Ingalls Wilder, Farm Journalist: Writings from the Ozarks* (Columbia: University of Missouri Press, 2007), 124.

2 ルカの福音書一〇章四〇～四二節（『聖書 新改訳２０１７』）

3 Hines, *Laura Ingalls Wilder, Farm Journalist.* ミズーリ・ルーラリスト紙にローラが寄稿した百七十以上のコラムのうち、少なくとも一割は、忙しさを感じていることについて書かれたものだった。

4 John E. Miller, *Laura Ingalls Wilder and Rose Wilder Lane: Authorship, Place, Time, and Culture* (Columbia: University of Missouri Press, 2008), 102.

5 Hines, Laura Ingalls Wilder, *Farm Journalist*, 106–7.

6 Quoted in Hines, *Laura Ingalls Wilder, Farm Journalist*, 157–58.

7 Hines, *Laura Ingalls Wilder, Farm Journalist*, 244–45.

8 Quoted in Hines, *Laura Ingalls Wilder, Farm Journalist*, 244–45.

9 ローラ・インガルス・ワイルダー『大きな森の小さな家』（*Little House in the Big Woods*）恩地三保子訳、福音館書店、一九七二年、一三四～一七〇頁

10 Stephen W. Hines, ed., *Little House in the Ozarks: The Rediscovered Writings* (Nashville: Thomas Nelson, 1991), 22–23.

11 Quoted in Hines, *Little House in the Ozarks*, 21.

12 ローラ・インガルス・ワイルダー『プラム・クリークの土手で』（*On the Banks of Plum Creek*）恩地三保子訳、福音館書店、一九七三年

13 Quoted in John Bartlett, *Familiar Quotations* (London: Routledge, 1883), 584.

14 ローラ・インガルス・ワイルダー『大草原の小さな町』（*Little Town on the Prairie*）谷口由美子訳、岩波書店、二〇〇〇年、三一七～三一八頁

15 14と同書、三二三頁

16 Hines, *Laura Ingalls Wilder, Farm Journalist*, 267.

17 14と同書

18 Quoted in Hines, *Laura Ingalls Wilder, Farm Journalist*, 179–81.

19 Hines, ed., *Little House in the Ozarks*, 195–96.（訳注・ローラ・インガルス・ワイルダー『大切なものはわずかです。』九章「引き算のスキル」参照）

第6章 ローラとローズ

1 Quoted in Stephen W. Hines, *"I Remember Laura"* (Nashville: Thomas Nelson, 1994), 202–3.

2 William Holtz, *The Ghost in the Little House: A Life of Rose Wilder Lane* (Columbia: University of Missouri Press, 1993), 326–27.

3 Sallie Ketcham, *Laura Ingalls Wilder: American Writer on the Prairie* (New York and London: Routledge, 2015), 90.

4 Stephen W. Hines, ed., *Laura Ingalls Wilder, Farm Journalist: Writings from the Ozarks* (Columbia: University of Missouri Press, 2007), 5–6.

5 ドナルド・ゾカート『ローラ・インガルス・ワイルダーの生涯』〈上・下〉（*Laura: The Life of Laura Ingalls Wilder*）いけもとさえこ訳、パシフィカ、一九七九年

6 ローラ・インガルス・ワイルダー『この楽しき日々』（*These Happy Golden Years*）谷口由美子訳、岩波書店、二〇〇〇年、四〇二頁

7 Holtz, *Ghost in the Little House*, 196–97.

8 ローラ・インガルス・ワイルダー『大草原の小さな町』（*Little Town on the Prairie*）谷口由美子訳、岩波書店、二〇〇〇年、二四三頁

9 Stephen W. Hines, ed., *Little House in the Ozarks: The Rediscovered Writings* (Nashville: Thomas Nelson, 1991), 183–90.

10 Hines, ed., *Laura Ingalls Wilder, Farm Journalist*, 149–50.

11 John E. Miller, *Laura Ingalls Wilder and Rose Wilder Lane: Authorship, Place, Time, and Culture* (Columbia: University of Missouri Press, 2008), 3.

12 ローラ・インガルス・ワイルダー『遥かなる大草原——ローラの手紙』（*West from Home*）ロジャー・リー・マックブライド編、田村厚子訳、世界文化社、一九八九年

13 Holtz, *Ghost in the Little House*, 76.

14 Rose Wilder Lane, "The City That's Upside Down," Rose Wilder Lane papers, Herbert Hoover Library, West Branch, Iowa. おそらく一九一五年にサンフランシスコ・ブリティン紙に掲載されたと思われる。

15 Hines, ed., Laura Ingalls Wilder, *Farm Journalist*, 7, 70.

16 8と同書、一〇四頁

17 8と同書、一〇九頁

18 8と同書、一〇九頁

19 ローラ・インガルス・ワイルダー『長い冬』（*The Long Winter*）谷口由美子訳、岩波書店、二〇〇〇年、一八六頁参照

20 8と同書、二〇～二三頁

21 Quoted in Hines, *Laura Ingalls Wilder, Farm Journalist*, 292–93.

22 Quoted in Hines, *Laura Ingalls Wilder, Farm Journalist*, 210.

23 Quoted in Hines, *Laura Ingalls Wilder, Farm Journalist*, 170; ローラが引用した「愚か者の祈り（The Fool's Prayer）」は、詩人エドワード・ローランド・シルによるもの。

24 ローラ・インガルス・ワイルダー『シルバー・レイクの岸辺で』（*By the Shores of Silver Lake*）恩地三保子訳、福音館書店（福音館文庫）、二〇〇三年、二五頁

25 Hines, ed., *Little House in the Ozarks*, 296.（訳注・ローラ・インガルス・ワイルダー『大切なものはわずかです。』十章「愛すべき生きものたち」参照）

26 Quoted in Hines, *Laura Ingalls Wilder, Farm Journalist*, 208.

27 Quoted in Hines, *Laura Ingalls Wilder, Farm Journalist*, 152–53.

28 Quoted in Hines, *Laura Ingalls Wilder, Farm Journalist*, 152.

29 Quoted in Hines, *Laura Ingalls Wilder, Farm Journalist*, 262.（訳注・ローラ・インガルス・ワイルダー『大切なものはわずかです。』十五章「ほほえみという名の武器」参照）

30 Quoted in Hines, "*I Remember Laura,*" 202–3.

31 Quoted in Hines, Laura Ingalls Wilder, *Farm Journalist*, 155–56.

32 G・K・チェスタトン『正統とは何か』（*Orthodoxy*）〈新板〉安西徹雄訳、春秋社、二〇一九年、二一八頁

33 Quoted in Hines, *Laura Ingalls Wilder, Farm Journalist*, 85–86.（訳注・『大切なものはわずかです。』二十四章「人間関係をよくする判断力」参照）

34 Holtz, *Ghost in the Little House*, 227.

第7章「小さな家」を作り上げる

1 Quoted in Stephen W. Hines, ed., *Little House in the Ozarks: The Rediscovered Writings* (Nashville: Thomas Nelson, 1991), 40.

2 ローラ・インガルス・ワイルダー『大草原のローラ物語――パイオニア・ガール』（*Pioneer Girl: The Annotated*

Autobiography）パメラ・スミス・ヒル編、谷口由美子訳、大修館書店、二〇一八年

3 William Holtz, *The Ghost in the Little House: A Life of Rose Wilder Lane* (Columbia: University of Missouri Press, 1993), 85–86.

4 Holtz, *Ghost in the Little House*, 150.

5 Irene Lichty Le Count, ed., *Laura Ingalls Wilder Family, Home and Friends* (Mansfield, MO: self-published, 1980), 19–21.

6 Holtz, *Ghost in the Little House*, 161–63.

7 Holtz, *Ghost in the Little House*, 194–196.

8 Le Count, *Laura Ingalls Wilde*r, 15–16.

9 ローラ・インガルス・ワイルダー『大草原の小さな家』（*Little House on the Prairie*）恩地三保子訳、福音館書店、一九七二年、八四頁

10 Pamela Smith Hill, *Laura Ingalls Wilder: A Writer's Life* (Pierre: South Dakota State Historical Society Press, 2007), 116–22; John E. Miller, *Laura Ingalls Wilder and Rose Wilder Lane: Authorship, Place, Time, and Culture* (Columbia: University of Missouri Press, 2008), 141–58; and William Anderson, "Laura Ingalls Wilder: Frontier Times Remembered," *American History Illustrate*d 19, no. 5 (September 1984): 13, 44–45.

11 Hill, *Laura Ingalls Wilder*, 135–37.

第8章 夜に歌う

1 Quoted in Stephen W. Hines, ed., *Little House in the Ozarks: The Rediscovered Writings* (Nashville: Thomas Nelson, 1991), 64.

2 Dale Cockrell, ed., *The Happy Land Companion* (Nashville: NDX Press, 2005), 1, 10–13, 29–32.

3 ローラ・インガルス・ワイルダー『シルバー・レイクの岸辺で』(*By the Shores of Silver Lake*) 恩地三保子訳、福音館書店（福音館文庫）、二〇〇三年、二〇三頁

4 エレミヤ書二九章一一節（『聖書 新改訳2017』）

5 Evelyn Thurman, *The Ingalls Wilder Homesites* (Bowling Green, KY: Kelley Printing Co., 1992), 52–54.

6 John M. Evans, "Jesus Holds My Hand," in *Pure Gold for the Sunday School*, ed. Robert Lowry and W. Howard Doane (New York: Biglow & Main, 1871), 85.

7 William Cowper, "God Moves in a Mysterious Way," in *The Methodist Hymnal* (Nashville: Methodist Publishing House, 1939), 68.

8 Kenneth Scott Latourette, *A History of Christianity*, rev. ed., vol. 2, Reformation to the Present (New York: Harper & Row, 1975), 1163.

9 John Pollock, *Moody* (Chicago: Moody Press, 1983), 87–91.

10 Robert Lowry, "Mountain of the Lord," in Lowry and Doane, *Pure Gold*, 52.（訳注・『シルバー・レイクの岸辺で』（福音館文庫）二四一〜二四二頁）

11 Andrew Young, "The Happy Land," in Cockrell, *Happy Land Companion*, 17.

12 Young, "The Happy Land," in Cockrell, *Happy Land Companion*, 17–18.（訳注・『シルバー・レイクの岸辺で』〈福音館文庫〉三〇〇頁）

13 "Roll the Ole Chariot Along," in Cockrell, *Happy Land Companion*, 37–38. 作者不明。（訳注・「それいけトロッコ……ぜったいおくれてなるもんか！」の節『長い冬』一五五頁より）

14 Robert J. Morgan, *Then Sings My Soul* (Nashville: Thomas Nelson, 2003), 15.

15 "Jesus Loves Me," in Lowry and Doane, *Pure Gold*, 155.（訳注・『讃美歌』四六一番　本文は中嶋典子訳）

16 Augustus Toplady, "Rock of Ages," in Lowry and Doane, *Pure Gold*, 155.（訳注・日本では「千歳の岩よ」として『讃美歌21』四四九番に、「かくせやわれを」として『聖歌』二四八番に収録）

17 Isaac Watts, "When I Can Read My Title Clear," Hymnary.org, https://hymnary.org/text /when_i_can_read_my_title_clear（訳注・『長い冬』四一四頁参照。日本では『讃美歌』三三〇番「あめなるわが家を　あおぎ見れば」として歌われている。本文は中嶋典子訳）

18 Isaac Watts, "Am I a Soldier of the Cross?" in *The Methodist Hymnal*, 284.（訳注・『讃美歌』三八四番。本文は原詞一番の中嶋典子訳。『大きな森のちいさな家』で原詞二番の歌詞が登場する。原注19参照）

19 ローラ・インガルス・ワイルダー『大きな森の小さな家』（*Little House in the Big Woods*）恩地三保子訳、福音館書店、一九七二年、一〇九頁（訳注・本文は中嶋典子訳）

20 *De Smet News*, June 6, 1930. Many, many people from Laura's childhood were mentioned.

21 Quoted in Stephen W. Hines, ed., *Laura Ingalls Wilder, Farm Journalist: Writings from the Ozarks* (Columbia: University of Missouri Press, 2007), 291.（訳注・ローラ・インガルス・ワイルダー『大切なものはわずかです。』一章「両親の教えは羅針盤の針」参照）

22 Morgan, *Then Sings My Soul*, 31, 35.

23 Robert J. Morgan, *Then Sings My Soul: Book Two* (Nashville: Thomas Nelson, 2004), 121.

24 Lowry and Doane, *Pure Gold*, 135.

25 Fanny Crosby, "Our Sabbath Home," in Lowry and Doane, *Pure Gold*, 23.

26 19と同書、五章「日曜日」参照

27 Dale Cockrell, "Writing the Great American Family Songbook," in *The Ingalls Wilder Family Songbook*, ed. Dale Cockrell (Middleton, WI: A-R Editions, 2011), xviii–xix.

28 Fanny Crosby, "The Good Old Way," in Lowry and Doane, *Pure Gold*, 18.（訳注・『大草原の小さな町』三一三～三一四頁より引用）

29 Hines, *Little House in the Ozarks*, 64.

30 3と同書、二十章「その夜の客人」参照

31 Merry, merry Christmas everywhere: Mrs. T. J. Cook, "Merry, Merry Christmas!" in Lowry and Doane, *Pure Gold*, 150（訳注・『シルバー・レイクの岸辺で』〈福音館文庫〉二五〇～二五一頁より引用）

32 3と同書、十九章「クリスマス・イブ」参照

33 Lowry and Doane, *Pure Gold*, 52.

34 Lowry and Doane, *Pure Gold*, 139.

35 3と同書、一四三頁

36 *De Smet News*, June 6, 1930.

37 "A Pioneer Gone," *De Smet News*, June 12, 1902, http://beyondlittlehouse.com/2011/06/09/anniversary-of-the-death-of-charles-pa-ingalls-june-8/.

38 Sanford Fillmore Bennett, "Sweet By and By," in Cockrell, *Happy Land Companion*, 39–40.（訳注・『讃美歌』四八八番）

第9章　教会持ち寄りパーティー

1 Quoted in Stephen W. Hines, ed., *Laura Ingalls Wilder, Farm Journalist: Writings from the Ozarks* (Columbia: University of Missouri Press, 2007), 307.

2 本章のすべてのレシピは、以下による。Aid Society Congregational Church, comp., *Cream City Cook Book* (De Smet, SD; reprinted by the De Smet News in 1979 for the Laura Ingalls Wilder Memorial Society, 1904–14).

3 ローラ・インガルス・ワイルダー『長い冬』（*The Long Winter*）谷口由美子訳、岩波書店、二〇〇〇年

第10章 ローラが教えてくれたこと

1 Quoted in Stephen W. Hines, ed., *Laura Ingalls Wilder, Farm Journalist: Writings from the Ozarks* (Columbia: University of Missouri Press, 2007), 292–93.

2 Laura Ingalls Wilder, *The Selected Letters of Laura Ingalls Wilder*, ed. William Anderson (New York: HarperCollins, 2016), 284.

3 Dale Cockrell, "Writing the Great American Family Songbook," in *The Ingalls Wilder Family Songbook*, ed. Dale Cockrell, (Middleton, WI: A-R Editions, 2011), xix.

4 Stephen W. Hines, ed., *Little House in the Ozarks: The Rediscovered Writings* (Nashville: Thomas Nelson, 1991), 297–98.（訳注・『大きな森の小さな家』十章「夏の日」参照）

5 Hines, *Little House in the Ozarks*, 91.

6 Hines, *Little House in the Ozarks*, 89.

7 Hines, *Little House in the Ozarks*, 230.

8 Quoted in Hines, *Little House in the Ozarks*, 230.（訳注・ローラ・インガルス・ワイルダー『大切なものはわずかです。』二十八章「つきあいづらい隣人について」参照）

9 Quoted in Hines, *Little House in the Ozarks*, 239.

付録1　古き時代のデ・スメットを振り返る

1 新聞記事「インガルス氏はデ・スメットの初代住民——一八七九年、氏は鉄道会社の計時係として家族と共にシルバー・レイクに居住、その後町中に移動」*De Smet News*, June 6, 1930.

2 ドナルド・ゾカート『ローラ・インガルス・ワイルダーの生涯』〈上・下〉（*Laura: The Life of Laura Ingalls Wilder*）いけもとさえこ訳、パシフィカ、一九七九年

3 Irene Lichty Le Count, ed., *Laura Ingalls Wilder Family, Home and Friends* (Mansfield, MO: self-published, 1980), 50–53.

4 William Holtz, *The Ghost in the Little House: A Life of Rose Wilder Lane* (Columbia: University of Missouri Press, 1993), 41.

5 Quoted in Le Count, *Laura Ingalls Wilder*, 52.

6 新聞記事「デ・スメット開拓教会も、今年創立五十周年を迎える」*De Smet News*, June 6, 1930.

7 Quoted in Stephen W. Hines, "*I Remember Laura*" (Nashville: Thomas Nelson, 1994), 17; ローラのこの詩は、一九三〇年六月二〇日付のデ・スメット紙に初めて掲載された。

8 1と同紙

9 6と同紙

10 Aubrey Sherwood, *Beginnings of De Smet* (De Smet, SD: Aubrey Sherwood, 1979), 11.

付録2　ローラの友人、ネタ・シールへのインタビュー

1 Stephen W. Hines, "*I Remember Laura*" (Nashville: Thomas Nelson, 1994), 105.

2 William Holtz, *The Ghost in the Little House: A Life of Rose Wilder Lane* (Columbia: University of Missouri Press, 1993), 292–93.

3 一九九〇年代初期のインタビューより。音源はＣＤに保存。インタビューテキスト出典 Hines, "I Remember Laura," 106–13.

4 ネタは記憶を頼りに歌っており、おそらく二つの歌が混ざっていると思われるが、どの歌か特定できなかった。

5 この歌はおそらく、フォークソング "My Gal's a Corker" に由来したもの。元の歌詞に「フォード」や「キャデラック」という言葉は出てこない。

6 ジョン・Ｅ・ミラー『ローラ・インガルス・ワイルダー伝――「大草原の小さな家」が生まれるまで』（*Becoming Laura Ingalls Wilder: The Woman Behind the Legend*）徳末愛子訳、リーベル出版、二〇〇〇年

7 Stephen W. Hines, ed., *Laura Ingalls Wilder, Farm Journalist: Writings from the Ozarks* (Columbia: University of Missouri Press, 2007), 20–22.

8 That book or booklet was Helen Burkhiser, *Neta, Laura's Friend* (privately printed, 1989).

訳者あとがき

私が『大草原の小さな家』の本を初めて手に取ったのは、大学生のときでした。すでにドラマであらすじは知っていましたが、一度じっくり原作と向き合ってみたいと思ったのです。すぐれた児童書が皆そうであるように、愛にあふれ力強く生きるその家族物語は、大人が読んでも十分に読み応えがありました。子どもの頃を自然豊かなカナダの西部で過ごした私は、物語の舞台である大自然の描写に幼い頃見た風景がよみがえり、懐かしい気持ちになったのを覚えています。思いがけない不幸に遭ってもくじけず、いつも物事の明るい面に目を向け小さな喜びや楽しみを大切にするインガルス一家の生き方に、悩み多い青春時代を送っていた私は励まされ、力づけられました。ですので、このたび『大草原の小さな家で――ローラ・インガルス・ワイルダーの生涯と信仰』の翻訳のお話をいただいたときはうれしく、喜んでお引き受けした次第です。

著者のスティーブン・ハインズ氏も、少年の頃この本に出会い、ローラの紡ぐ物語の世界に魅了された一人です。ハインズ氏は、本書を通し、なぜこの物語が世代を超え人々の心を惹きつけてやまないのか、この物語の根底に流れるスピリットは何であるのかを、作者であるローラの人物像や一家の歩みに焦点を当て明らかにしています。その中でハインズ氏は、ローラが長年農業新聞ミズーリ・ルーラリスト紙に寄稿していた記事をたびたび引用し、大人に向けて発信されたローラの言葉を紹介しています。ローラが書いたコラム記事を読むと、彼女が、自分の信仰や倫理観をことさら声高に語ることはないが、必要とあれば堂々とキリスト教を擁護する芯の強い信仰者であり、同時に、周りに細やかな配慮を届かせる霊性豊かな人であったことがわかります。子ども向けの物語でしかローラの文章に触れたことのなかった私は、ローラのさらなる魅力を発見した思いです。

またハインズ氏は、六十三歳という年齢で本格的に物語を書き始めたローラを、すでにプロの作家であった娘ローズがどのようなかたちで支え物語が作り上げられたのか、当時の社会背景やローズ自身の言葉なども紹介しながら二章にわたり丁寧に記しています。ローズが物語の本質的な部分を大胆に書き換えたとする研究者もいる中、ハインズ氏は、たしかに母娘のあいだに考え方の相違があり、時には意見の衝突もあったが、最終的にはローラの「家庭生活の充実やキリスト教の価値観こそが社会を成り立たせる」という考え方が作品の根幹をなすに至ったのだと主張します。これはあくまでもローラ自身の物語として制作されたのであり、その上にローズの編集の工夫や表現の豊かさが加味され、「すべての開拓者に敬意をささげる作品」へ育て上げられたのだとしています(一四五頁)。本書で明らかにされたローラの人となりを知ると、ハインズ氏の説には説得力があります。

本書が私たちに最も伝えたいこと、それは、小さな家シリーズの物語を貫く精神とは、結局のところ、とうさんとかあさんによって養い育てられたローラの信仰そのもの、つまり偉大で善なる神はどのような状況にあろうともかならず共にいて将来を良い方向に導いてくださることへの、深い信頼の心なのだということです。インガルス一家そしてローラ夫妻が、どんなときも心折れることなく明るく前に向かって挑み続けることができたのは、ただの空元気でもガンバリズムでもなく、またローズが人間には本来備わっていると信じていた性格的強さによるのでもなく、聖書に記された約束にたしかな希望を見出していたからなのでしょう。ハインズ氏が「私たちは、ローラの豊かな経験や深い思い巡らしを通し、……私たちの未来を御手のうちに握っておられる神はご自身の子どもたちの不幸をけっして願ってはいないと信じること等、今も多くのことを学ぶことができる」(二四二頁)と記すとおりです。

本書は、物語に登場する歌や賛美歌の解説もあります。百年以上も前にアメリカ西部で歌われていた賛美歌の多くが、今の日本に生きる私たちにも受け継がれていることに深い感慨を覚えます。また、実際にローラと面識のあった女性たちの料理レシピ集は、できあがりを想像しながら読むだけで楽しい気分に浸れます。私は、彼女たちの勤勉さにただ感嘆するのみでとても作る気にはなれませんが、あの頃の味を再現したい料理好きの読者がいましたらぜひ挑戦してみていただきたいと思います。本書の付録には、晩年のローラの友人ネタ・

シールへのインタビュー記事も掲載され、年齢を重ねてなお仲睦まじいローラ夫妻の様子に思わず笑みがこぼれます。

私が本書の翻訳作業を行ったのは、ちょうど新型コロナウィルスが世界に急速に広がり、多くの人が混乱と悲嘆の渦に巻き込まれていた時期でした。様々な情報が錯綜し先の見通しの立たない不安の中、ローラが物語の読者である子どもたちに宛てて送った公開書簡の一文が心に留まりました。「大切なのは、今手にしているものを最大限に生かすこと、ささやかな楽しみに喜びを見出すこと、物事がうまくいかなくても朗らかに、そして勇気を抱くことです」(二三七〜二三八頁)

ハインズ氏も記すとおり、私たちに「待ち受ける困難は当時にまさって大きい」(一五二頁)と痛感します。しかしこのような中にあってこそ、私たちもローラに倣い、神は共にいて私たちを強くし、その義の右の手で私たちを守る(イザヤ書四一章一〇節)との聖書の約束を信じ、勇気と希望を失わず、朗らかな気持ちで歩む者でありたいと思うのです。

最後になりましたが、編集のご労を担ってくださった藤原亜紀子さんに深く御礼申し上げます。丁寧で行き届いたお働きにいつも励まされています。また、本書の出版を心待ちにし、祈りをもって支えてくださった友人たちに心からの感謝をささげます。

二〇二一年三月

中嶋典子

Originally published in English under the title:
A Prairie Girl's Faith by Stephen W. Hines

Published by WaterBrook Press, an imprint of Random House, a division of Penguin Random House LLC,10807 New Allegiance Dr., Ste. 500 Colorado Springs, Colorado 80921 USA

Cover design by Kristopher K. Orr; cover painting by William Affleck, Bridgeman Image Library

International rights contracted through Gospel Literature International
P.O. Box 4060, Ontario, California 91761 USA
This translation published by arrangement withWaterBrook Press, an imprint of Random House, a division of Penguin Random House LLC.

2-1-5 Nakano-ku Tokyo Japan

スティーブン・W・ハインズ（Stephen W. Hines）

ローラ・インガルス・ワイルダーの研究者として知られ、『*Little House in the Ozarks*』、『*Laura Ingalls Wilder, Farm Journalist*』、ローラの言葉をまとめた『大切なものはわずかです。―ローラ・インガルス29の知恵』（いのちのことば社）など、ローラに関する著書を多数執筆。また、作家、雑誌や新聞の記者として活躍するかたわら、テネシー州児童福祉局の働きに携わる。大草原の小さな家シリーズのファンウェブサイトwww.littlehouseontheprairie.comの運営にも貢献している。テネシー州ナッシュビル近郊にて妻グウェンドリンと暮らす。

中嶋典子

津田塾大学学芸学部国際関係学科卒。主な訳書に『レッツロール！』『うつになった聖徒たち』『神は死んだのか』『エルヴィスの真実』『祈りのちから』『バイリンガルこどもバイブル』（すべて、いのちのことば社）など。教会学校の教案誌「成長」の執筆にも携わる。

大草原の小さな家で
ローラ・インガルス・ワイルダーの生涯と信仰

2021年7月1日発行

著者　スティーブン・W・ハインズ
訳者　中嶋典子

発行　いのちのことば社〈フォレストブックス〉
〒164-0001　東京都中野区中野2-1-5
編集　Tel.03-5341-6924　Fax.03-5341-6932
営業　Tel.03-5341-6920　Fax.03-5341-6921

印刷・製本　シナノ印刷株式会社

聖書 新改訳2017©2017新日本聖書刊行会

日本基督教団讃美歌委員会著作物使用許諾　第4603号

落丁・乱丁はお取り替えいたします。
Printed in Japan

ISBN978-4-264-04262-4